EDGAR ALLAN
POE
Poemas

 weston

Título original: *The Poems of Edgar Allan Poe*
Editor original: George Bell & Sons (London) y The Macmillan Co (New York)
Traducción: Alberto Lasplaces, Carlos Arturo Torres y Juan Antonio Pérez Bonalde
Ilustraciones: William Heath Robinson
Book contributor: University of California, Libraries

ISBN: 978-84-941912-9-9
Depósito legal: TF 751-2014

Colección *La Maquina del Tiempo*
Director de la colección: Jonás Pérez Camacho
Coordinador de la edición: Caroline André
Diseño de cubierta y maqueta: Departamento de Arte y Diseño de Editorial Weston

Impreso por Gráfica 94 de Hermanos Molina , S.L.
Carrer de la Garrotxa, 0,
08192 Sant Quirze del Vallès. Barcelona

Impreso en España - *Printed in Spain*

Porque lo bello no es nada más que
el comienzo de lo terrible…

R.M.Rilke

Pronto llegará el día, me siento autorizado a creerlo, en que los Srs. editores de la edición popular francesa de las obras de Edgar Poe sentirán la gloriosa necesidad de publicarlas en una forma material más sólida, más digna de las bibliotecas de aficionados, y en una edición en la que los fragmentos que las integran serán clasificados más analógicamente y de una manera definitiva.

Charles Baudelaire

Nota del editor

Hoy en día hablar de Edgar Allan Poe es hablar de un maestro. Un maestro de lo extraño; uno de los escritores estadounidenses más famosos del Romanticismo.

Cada día más gente lo descubre, mientras otros se apresuran a redescubrirlo. Sus textos suscitan una atracción irresistible. En ellos, encontramos cuervos que hablan, espíritus de personas muertas y personas vivas que parecen muertas. Sombras, destrucción, nostalgia y amor. Cada frase suya es un ataque directo contra el inconsciente colectivo, que nos turba y conmueve.

En cierto modo, el principal personaje que inspiró su obra fue él mismo. "Mi vida ha sido capricho, impulso, pasión, anhelo de soledad, mofa de las cosas de este mundo", dejó escrito.

Su inadaptada existencia fue en muchos momentos tan estremecedora como los textos de terror que escribió. Siempre quiso ser poeta, pero las necesidades económicas le empujaron a dedicarse a la prosa.

Su vida fue infeliz por la pobreza y las depresiones, que combatía con láudano y alcohol. "Dios ayude a mi pobre alma", dicen que susurró después de tres días de delírium trémens, poco antes de despedirse para siempre de una vida corta y atribulada. Tenía solo 40 años.

En 1845 por nueve dólares publicó *El cuervo*, y logró una fama instantánea en su país. Sin embargo, este reconocimiento no supuso siquiera un éxito financiero y, cuando Poe trató de capitalizar su fama, publicando el ensayo *Filosofía de la composición* (sobre la creación del poema), a la crítica americana le pareció exagerado e innecesario. El desprecio con que el mundillo literario de su país se dirigía a él acabó por enterrarlo aún más.

El éxito póstumo de Poe es atribuido al eco que parecen poseer, misteriosamente, los poetas malditos; pero, se lo debemos sobre todo a que Charles Baudelaire se obsesionara con Poe, y se dedicara a traducir mucha de su obra en Francia.

La publicación de Poe en francés supuso un éxito inmediato. Stéphan Mallarmé incluso llegó a asegurar que Poe era "El dios intelectual" de su siglo.

Por ello, estamos convencidos de que la mejor manera de comprender quién se escondía detrás del autor de *El cuervo* es Baudelaire, que en cierto modo fue su gran descubridor.

Charles Baudelaire veía en Edgar Allan Poe un espíritu cercano a él. Para ambos lo extraordinario, lo extraño, lo insólito formaba parte de lo bello, sin necesidad de otras justificaciones, originando así el punto de partida de una nueva modernidad estética.

El prólogo que hemos elegido como introducción, escrito por Baudelaire, es realmente exquisito. Poder leer lo que un escritor de prestigio universal, como él, pensaba acerca de otro que se encuentra en su mismo nivel, es como asistir a un encuentro entre ambos autores en un universo irreal y fantástico.

Charles Baudelaire reflexiona acerca de la Literatura, y del hombre que se escondía en el interior de Edgar Allan Poe. En estos textos podemos apreciar, por un lado, la delicadeza de la escritura de Baudelaire y, por otro lado, la total admiración que éste sentía por Poe.

Baudelaire tradujo a Poe durante casi veinte años (1848-1865) y en los prólogos que dedicaba a cada una de estas publicaciones podemos ver las *estrategias publicitarias* que Baudelaire puso en práctica, para preparar a los nuevos lectores de la obra de Poe, en Francia. "He adquirido la convicción de que Edgar A. Poe y su patria no estaban al mismo nivel. Los Estados Unidos son un país gigantesco e infantil, envidioso, naturalmente, del Viejo Continente. Poe era allá un cerebro singularmente solitario", afirma el traductor francés con estudiado desparpajo en una de sus introducciones.

Traducir a Poe es siempre un fracaso. Bien lo sabía Baudelaire y bien lo sabían los primeros traductores españoles. Para esta edición que presentamos con entusiasmo hemos elegido a los pioneros. Laplaces, Torres y Bonaldo fueron poetas de reconocido prestigio en los ámbitos literarios hispanos de su momento, y que asumieron el gran reto de castellanizar la emoción, la turbación y la exaltación que los textos originales de Poe desprenden.

Estos viejos traductores, herederos decimonónicos, mantenían un tono romántico, y crédulo, ya desaparecido en nuestros tiempos. Atizaban cada verso con un lenguaje culto y sentimental. Quizás pecando, algunas veces, de literalidad pero compensándolo con dulzura y sequedad, para acercarse al gran reto, y tratar de confundirse con las raíces estéticas que utilizada Poe en cada verso. Para Baudelaire la poesía de Poe era "profunda y reverberante como el sueño, misteriosa y perfecta como el cristal". Creemos que estas versiones españolas seleccionadas para esta edición mantienen estas esencias, por lo que el resultado final de ese inmenso reto es más que satisfactorio.

Por último, para aderezar, los fantásticos y sobrecogedores poemas que Poe nos ha legado, hemos elegido unas fabulosas y fantasmagóricas ilustraciones creadas por William Heath Robinson en 1900, para la edición anglosajona, *The Poems of Edgar Allan Poe*, editada por George Bell & Sons (London) en el Reino Unido y The Macmillan Co (New York) en los Estados Unidos de America.

Sin más preámbulos, les damos la bienvenida al refugio hostil que Poe nos ha dejado, un refugio que nos llamará, y al cual acudiremos, empujados por una extraña fuerza de atracción irresistible, casi tan irreal y fantasmagórica, como los propios textos de Poe.

Jonás Pérez Camacho

CONTENTS

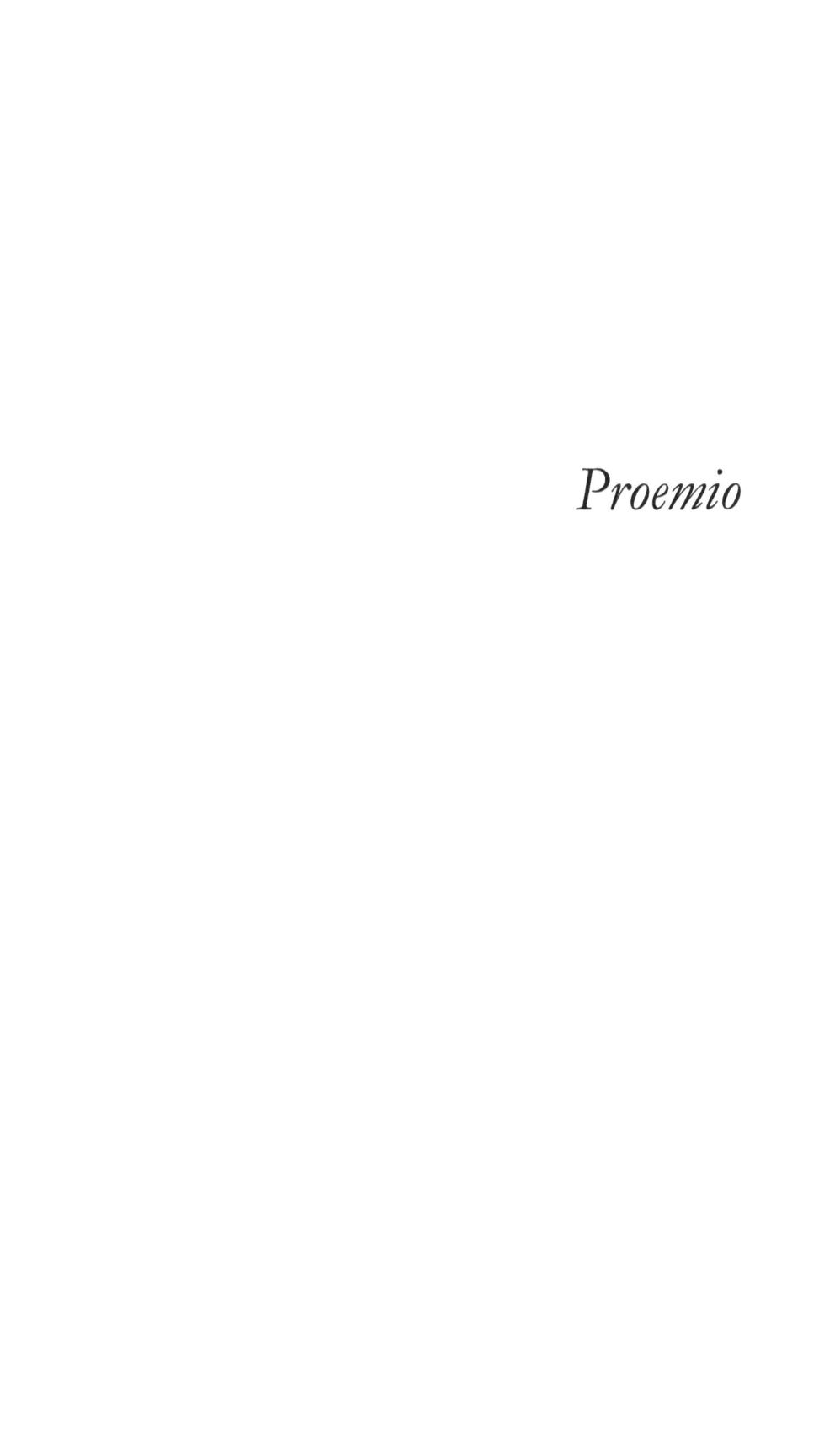

Proemio

PREFACE

Voy a presentaros, amigos lectores, a un escritor americano de envidiable fama, a quien muchos sin duda conoceréis de nombre, pero pocos por sus escritos.

Permitidme, por lo tanto, hablaros de ese hombre célebre y de sus obras; que ambos ocupan un lugar importantísimo en la historia de la imaginación.

Edgar A. Poe ha creado un género especial, distinto, que procede únicamente de sí mismo, y del cual me parece que se ha llevado, al morir, el secreto. Se le puede llamar Maestro de la escuela de lo extraño, pues ha hecho retroceder los límites de lo imposible, y tendrá imitadores o discípulos.

Estos intentarán ir más adelante que él, exagerando su género; más de uno creerá aventajarle, pero ni siquiera le igualará.

Ante todo, debo manifestar que un crítico francés, Charles Baudelaire, ha escrito al frente de la traducción de las obras de Poe un prefacio, tan extraño como el del autor.

Sea como fuere, se ha hablado de él en el mundo literario; ha causado sensación, y no sin motivo. Charles Baudelaire era digno de comentar y explicar al autor americano, y no deseo al autor francés otros comentarios de sus obras presentes y futuras que un nuevo Edgar A. Poe. No intentaré explicar lo inexplicable, o incomprensible, que ha dado a luz la imaginación de un hombre que a veces llevaba su fantasía hasta el delirio.

Julio Verne.
Obras completas. Tomo XII.

PREFACE

Por Charles Baudelaire
Prólogo "Edgar Poe, sa vie et ses oeuvres"
Histoires extraordinaires, 1856

I

En estos últimos tiempos ha comparecido ante nuestra audiencia un desdichado, cuya frente estaba marcada por un raro y singular tatuaje: ¡Desafortunado!
Llevaba él así encima de sus ojos la etiqueta de su vida, como un libro su título, y el interrogatorio demostró que aquel extraño rótulo era cruelmente verídico.

Hay en la historia literaria destinos análogos, verdaderas condenas, hombres que llevan las palabras "mala suerte" escritas en caracteres misteriosos sobre las arrugas sinuosas de su frente.

El ángel ciego de la expiación se ha apoderado de ellos

y los azota con uno y otro brazo para ejemplo edificante de los demás.

En vano su vida revela talento, virtudes, gracia: la sociedad tiene para ellos un anatema especial y acusa en ellos las lesiones que les ha causado.

¿Qué no hizo Hoffmann para desarmar al Destino, y qué no realizó Balzac para conjurar la fortuna?

¿Existe, pues, una Providencia diabólica que prepara la desgracia desde la cuna, que arroja con premeditación naturalezas espirituales y angélicas en medios hostiles, como a mártires en los circos?

¿Existen, pues, almas santas y destinadas al altar, condenadas a ir hacia la muerte y hacia la gloria a través de sus propias ruinas?

La pesadilla de las Tinieblas, ¿asediará eternamente a esas almas elegidas?

En vano se agitan, en vano se forman para el mundo, para sus previsiones y asechanzas; perfeccionarán la prudencia, taparán todas las salidas, acolcharán las ventanas contra los proyectiles del azar; pero el Diablo entrará por el agujero de la cerradura. Una perfección será la falla de su coraza, y una cualidad superlativa, el germen de su condenación. Para romperla, el águila, desde lo alto del cielo, sobre su frente al aire soltará la tortuga, pues ellos deben perecer fatalmente. Su destino está escrito en toda su contextura, brilla con siniestro resplandor en sus miradas y en sus gestos, circula por sus arterias con cada uno de sus glóbulos sanguíneos.

Un célebre escritor de nuestro tiempo ha escrito un libro para demostrar que el poeta no podía encontrar buen acomodo ni en una sociedad democrática ni en una aristocrática, no más en una república que en una monarquía absoluta o templada.

¿Quién ha sabido, pues, replicarle perentoriamente? Yo aporto hoy una nueva leyenda en apoyo de su tesis y añado un nuevo santo al martirologio; debo escribir la historia de uno de esos ilustres desventurados, demasiado rica en poesía y pasión, que ha venido, después de tantos otros, a hacer en este bajo mundo el rudo aprendizaje del genio entre las almas inferiores.

¡Lamentable tragedia la vida de Edgar A. Poe!

¡Su muerte, horrible desenlace, cuyo horror aumenta con su trivialidad!

De todos los documentos que he leído he sacado la convicción de que los Estados Unidos sólo fueron para Poe una vasta cárcel, que él recorría con la agitación febril de un ser creado para respirar en un mundo más elevado que el de una barbarie alumbrada con gas, y que su vida interior, espiritual, de poeta, o incluso de borracho, no era más que un esfuerzo perpetuo para huir de la influencia de esa atmósfera antipática.

Implacable dictadura la de la opinión de las sociedades democráticas; no imploréis de ella ni caridad ni indulgencia, ni flexibilidad alguna en la aplicación de sus leyes a los casos múltiples y complejos de la vida moral. Diríase que del amor impío a la libertad ha nacido una nueva tiranía: la tiranía de las bestias, o zoocracia, que por su insensibilidad feroz se asemeja al ídolo de Juggernaut.

Un biógrafo nos dirá seriamente —bienintencionado es el buen hombre— que Poe, de haber querido regularizar su genio y aplicar sus facultades creadoras de una manera más apropiada al suelo americano, hubiese podido llegar a ser un autor de dinero (a money making author).

Otro —éste un cínico ingenuo—, que, por bello que sea el genio de Poe, más le hubiera valido tener sólo talento, ya que el talento se cotiza más fácilmente que el genio.

Otro, que ha dirigido diarios y revistas, un amigo del poeta, confiesa que resultaba difícil utilizarle, y que se veía uno obligado a pagarle menos que a otros, porque escribía con un estilo demasiado por encima del vulgo.

"¡Qué tufo a trastienda!", como decía Joseph de Maistre.

Algunos se han atrevido a más, y uniendo la falta de inteligencia más abrumadora de su genio a la ferocidad de la hipocresía burguesa, le han insultado a porfía, y después de su repentina desaparición, han vapuleado ásperamente ese cadáver; en especial, el señor Rufus Griswold, que, para aprovechar aquí la frase vengativa del señor George Graham, ha cometido así una infamia inmortal.

Poe, experimentando quizá el siniestro presentimiento de un final repentino, había designado a los señores Griswold y Willis para ordenar sus obras, escribir su vida y restaurar su memoria. Ese pedagogo-vampiro ha difamado ampliamente a su amigo en un enorme artículo mediocre y rencoroso, que precisamente encabeza la edición póstuma de sus obras. ¿No existe, pues, en América una disposición que prohiba a los perros la entrada en los cementerios? En cuanto al señor Willis, ha demostrado, por el contrario, que la benevolencia y el decoro van siempre de consuno con el verdadero talento, y que la caridad con nuestros semejantes, que es un deber moral, es también uno de los mandamientos del gusto.

Hablad de Poe con un americano: confesará acaso su genio, y hasta puede que se muestre orgulloso de él; pero en tono sardónico, superior, que deja traslucir al hombre positivo, os hablará de la vida disoluta del poeta, de su aliento alcoholizado que hubiera ardido con la llama de una vela, sus hábitos de vagabundo.

Os dirá que era un ser errante y heteróclito, un planeta desorbitado que rondaba sin cesar desde Baltimore a Nueva York, desde Nueva York a Filadelfia, desde Filadelfia a Boston, desde Boston a Baltimore, desde Baltimore a Richmond.

Y si, con el corazón conmovido por esos preludios de una historia desconsoladora, dais a entender que tal vez no sea solamente culpable el individuo, y que debe de ser difícil pensar y escribir cómodamente en un país donde hay millones de soberanos —un país sin capital, hablando con propiedad, y sin aristocracia—, entonces veréis sus ojos desorbitarse y despedir rayos, la baba del patriotismo doliente subir a sus labios, y América, por su boca, lanzar injurias a Europa, su vieja madre, y a la filosofía de los antiguos días.

Repito que, por mi parte, he adquirido la convicción de que Edgar A. Poe y su patria no estaban al mismo nivel. Los Estados Unidos son un país gigantesco e infantil, envidioso, naturalmente, del viejo continente. Orgulloso de su desarrollo material, anormal y casi monstruoso, ese recién llegado a la Historia tiene una fe ingenua en la omnipotencia de la industria; está convencido, como algunos desdichados entre nosotros, de que acabará por tragarse al Diablo.

¡Tienen allá un valor tan grande el tiempo y el dinero!

La actividad material, exagerada hasta adquirir las proporciones de una manía nacional, deja en los espíritus muy poco sitio para las cosas no terrenas.

Poe, que era de buena casta —y que, por lo demás, declaraba que la gran desgracia de su país era no poseer una aristocracia racial, dado, decía él, que en un pueblo sin aristocracia el culto de lo Bello sólo puede corromperse, aminorarse y desaparecer; que acusaba en sus conciudadanos, hasta en su lujo enfático y costoso, todos los síntomas del mal gusto característico de los advenedizos; que consideraba el Progreso, la gran idea moderna, como un éxtasis de papanatas, y que denominaba los perfeccionamientos de la mansión humana cicatrices y abominaciones rectangulares—, Poe era allá un cerebro singularmente solitario. No creía más que en lo inmutable, en lo eterno, en el self-same, y gozaba —¡cruel privilegio cn una sociedad enamorada de sí misma!— de ese grande y recto sentido a lo Maquiavelo que marcha ante el sabio como una columna luminosa a través del desierto de la Historia.

¿Qué hubiera pensado, qué hubiera escrito el infortunado, si hubiese oído a la teóloga del sentimiento suprimir el Infierno por amor al género humano, al filósofo de la cifra proponer un sistema de seguros, una suscripción de cinco céntimos por cabeza ¡para la supresión de la guerra y la abolición de la pena de muerte y de la ortografía, esas dos locuras correlativas!, y a tantos y tantos otros enfermos que escriben, "con la oreja inclinada hacia el viento", fantasías giratorias, tan flatulentas como el elemento que se las dicta?

Si añadís a esta visión impecable de la verdad, auténtica dolencia en ciertas circunstancias, una delicadeza exquisita de sentidos a la que atormentaría una nota falsa, una finura de gusto a la que todo, excepto la exacta proporción, sublevara, un amor insaciable a lo Bello, que había adquirido la potencia de pasión morbosa, no os extrañará que para un hombre semejante la vida llegara a ser un infierno y que haya acabado mal; os admirará que haya él podido durar tanto tiempo.

II

La familia de Poe era una de las más respetables de Baltimore. Su abuelo materno había servido como quarter-master-general en la guerra de la Independencia, y La Fayette le dispensaba una gran estimación y amistad.

Este, a raíz de su último viaje a los Estados Unidos, quiso ver a la viuda del general y testimoniarle su gratitud por los servicios que le había hecho su marido. El bisabuelo se había casado con una hija del almirante inglés MacBride, que estaba emparentado con las más nobles casas de Inglaterra.

David Poe, padre de Edgar e hijo del general, se enamoró perdidamente de una actriz inglesa, Isabel Arnold, célebre por su belleza; se fugó y se casó con ella. Para unir más íntimamente su destino al de ella, se hizo actor y apareció con su mujer en diferentes teatros, en las principales ciudades de la Unión.

Los esposos murieron en Richmond, casi al mismo tiempo, dejando en el abandono y en la penuria más completos a tres criaturas, una de las cuales era Edgar.

Edgar A. Poe había nacido en Baltimore, en 1813. Doy esta fecha de acuerdo con su propia afirmación, pues él se elevó contra la aseveración de Griswold, que sitúa su nacimiento en 1811. Si alguna vez el espíritu novelesco, para servirme de una frase de nuestro poeta, ha presidido un nacimiento —¡espíritu siniestro y tempestuoso!—, ciertamente, presidió el suyo.

Poe fue, en verdad, hijo de la pasión y de la aventura. Un rico negociante de la ciudad, mister Allan, se entusiasmó con aquel lindo e infortunado a quien la Naturaleza había dotado de un aspecto encantador, y como no tenía hijos, le adoptó. El niño se llamó, pues, de allí en adelante Edgar Allan Poe.

Fue así criado en una grata holgura y con la esperanza legítima de una de esas fortunas que dan al carácter una soberbia certeza. Sus padres adoptivos se lo llevaron en un viaje que hicieron a Inglaterra, Escocia e Irlanda, y antes de regresar a su país le dejaron en casa del doctor Bransby, que dirigía un importante centro de enseñanza en Stoke-Newington, cerca de Londres. Poe ha descrito en William Wilson aquella extraña casa, construida en el viejo estilo isabelino, y también sus impresiones de colegial.

Volvió a Richmond en 1822 y prosiguió sus estudios en América bajo la dirección de los mejores profesores del lugar. En la Universidad de Charlottesville, donde ingresó en 1825, se distinguió no sólo por una inteligencia casi milagrosa, sino también por una profusión casi siniestra de pasiones —una precocidad realmente americana— que fue, por último, la causa de su expulsión.

Conviene señalar de paso que Poe había demostrado ya, en Charlottesville, una aptitud de las más notables para las ciencias físicas y matemáticas. Más tarde la empleará con frecuencia en sus extraños cuentos, y obtendrá de ella medios absolutamente inesperados. Pero tengo razones para creer que no es a ese orden de composiciones a las que él daba más importancia, y que —quizá precisamente a causa de esa aptitud precoz— las consideraba como fáciles juegos de manos, comparándolas con las obras de pura fantasía. Unas desdichadas deudas de juego originaron una desavenencia pasajera entre él y su padre adoptivo, y Edgar —hecho de los más curiosos y que prueba, pese a lo que se ha dicho, una dosis de caballerosidad muy grande en su impresionable cerebro—concibió el proyecto de tomar parte en las guerras de los helenos y de ir a luchar contra los turcos.

Partió, pues, hacia Grecia. ¿Qué fue de él en Oriente? ¿Qué hizo allí? ¿Estudió las costas clásicas del Mediterráneo? ¿Por qué le encontramos nuevamente en San Petersburgo, sin pasaporte, comprometido, y en qué clase de asunto, obligado a recurrir al ministro americano, Henry Middleton, para librarse de la sanción rusa y volver a su casa?

Se ignora; existe ahí una laguna que él sólo hubiese podido

llenar. La vida de Edgar A. Poe, su juventud, sus aventuras en Rusia y su correspondencia han sido anunciadas largo tiempo por los periódicos americanos, pero no han aparecido nunca.

De regreso en América, en 1829, expresó el deseo de ingresar en la escuela militar de West-Point; fue admitido, en efecto, y allí, como en otras partes, dio pruebas de una inteligencia admirablemente dotada, pero indisciplinable, siendo, al cabo de unos meses, expulsado.

Al mismo tiempo ocurría en su familia adoptiva un suceso que debía tener las más graves consecuencias sobre su vida entera. La señora Allan, por quien parece él haber sentido un afecto verdaderamente filial, falleció, y el señor Allan se casó con una mujer muy joven. Y en esta época tuvo lugar una desavenencia doméstica, una historia rara y tenebrosa que no puedo contar, porque no ha sido claramente explicada por ningún biógrafo. No es, por tanto, extraño que él se haya separado definitivamente del señor Allan, y que éste, que tuvo hijos de su segundo matrimonio, le haya excluido por completo de su testamento.

Poco tiempo después de haber abandonado Richmond, Poe publicó un pequeño tomo de poesías; fue realmente una aurora brillante. Para quien sabe sentir la poesía inglesa, hay ya en él un acento extraterreno, la serenidad en la melancolía, la deliciosa solemnidad, la experiencia precoz —iba a decir, creo, la experiencia innata— que caracterizan a los grandes poetas.

La miseria le hizo ser soldado una temporada, y es de suponer que empleó los pesados ocios de la vida de guarnición en preparar los materiales de sus futuras composiciones, composiciones extrañas que parecen haber sido creadas para demostrarnos que la singularidad es una de las partes integrantes de lo Bello.

Al volver a la vida literaria, el único elemento en que pueden respirar ciertos seres *déclassés*, Poe fenecía en una extrema miseria, cuando un azar feliz le hizo mejorar. El propietario de una revista acababa de fundar dos premios: uno, para el mejor cuento; otro, para el mejor poema. Una letra singularmente bella atrajo la mirada de Mr. Kennedy, que presidía el jurado, y le dio deseos de examinar por sí mismo los manuscritos.

Y sucedió que Poe había ganado los dos premios, aunque sólo uno le fue entregado.

El presidente del jurado sintió la curiosidad de ver al desconocido. El director del diario le llevó a un joven de una belleza chocante, andrajoso, abrochado hasta la barbilla, y que tenía el aspecto de un caballero tan orgulloso como hambriento.

Kennedy se portó bien.

Presentó a Poe a un señor, Thomas White, que fundaba en Richmond el Southern Literary Messenger. El señor White era un hombre audaz, pero sin ningún talento literario; necesitaba un ayudante. Poe se encontró así, muy joven —a los veintidós años—, director de una revista cuyo destino descansaba por entero en él. El creó esa prosperidad. El Southern Literary Messenger reconoció desde entonces que era a aquel excéntrico maldito, a aquel borracho incorregible, a quien debía su público y su fructuosa notoriedad.

En ese magazine es donde aparecieron por primera vez la Aventura sin par de un tal Hans Pfaall y otros varios cuentos que los lectores verán ahora desfilar ante sus ojos.

Durante cerca de dos años, Edgar A. Poe, con un maravilloso ardor, asombró a su público con una serie de composiciones de un nuevo género y con artículos críticos cuya viveza, claridad y severidad razonadas estaban hechas realmente para atraer las miradas.

Aquellos artículos se ocupaban de libros de todo género, y la sólida cultura que el joven había adquirido le sirvió de mucho. Conviene saber que aquella tarea considerable la realizaba él por quinientos dólares; es decir, por dos mil setecientos francos al año. Inmediatamente —dice Griswold, lo cual quiere decir; "¡Se creía, pues, rico el muy imbécil!"— se casó con una muchacha bella, encantadora, de un carácter amable y heroico, pero que no tenía un céntimo —añade el propio Griswold en un tono de desdén—. Era la señorita Virginia Clemm, una prima suya.

Pese a los servicios hechos a su diario, el señor White riñó con Poe al cabo de dos años, aproximadamente. El motivo de esa ruptura estuvo, sin duda, en los ataques de hipocondría y en las crisis alcohólicas del poeta, accidentes característicos que ensombrecían su cielo espiritual, como esas nubes lúgubres que dan de pronto al paisaje más romántico un aire de melancolía en apariencia irreparable.

A partir de entonces, veremos trasladar su tienda al desventurado, como un hombre del desierto, y transportar su ligero petate a las principales ciudades de la Unión. Dirigió en todas partes revistas o colaboró en ellas de una manera brillante.

Difundió con deslumbradora rapidez artículos críticos, filosóficos y cuentos henchidos de magia, que aparecieron reunidos bajo el título de Tales of the Grotesque and the Arabesque, título notable e intencionado, pues los adornos grotescos y arabescos rechazan la figura humana, y ya se verá que por muchos conceptos la literatura de Poe es extra o sobrehumana. Sabremos, por notas ofensivas y escandalosas insertadas en los periódicos, que Mr. Poe y su mujer se encuentran enfermos de peligro en Fordham y en una absoluta miseria.

Poco tiempo después de la muerte de la señora Poe, el poeta sufrió los primeros ataques de delirium tremens. Una nueva nota apareció de repente en un diario —ésta más que cruel—, en la que se acusa su desprecio y su asco del mundo, creándole uno de esos procesos tendenciosos, verdaderas requisitorias de la opinión, contra los cuales tuvo él siempre que defenderse, una de las luchas más estérilmente fatigosas que conozco.

Sin duda, ganaba dinero, y sus trabajos literarios le permitían casi vivir. Pero poseo pruebas de que él tenía que vencer sin cesar repugnantes dificultades. Soñó, como tantos otros escritores, con una revista suya, quiso estar en su casa, y el hecho es que había sufrido lo bastante para desear con ardor aquel cobijo definitivo de su pensamiento.

A fin de alcanzar ese resultado y conseguir una suma de dinero suficiente, tuvo que recurrir a las lectures. Ya se sabe lo que son esas *lectures*, una especie de especulación, el Colegio de Francia puesto a disposición de todos los literatos, pues el autor no publica su lecture sino después de haber sacado de ella todos los ingresos que puede producir.

Poe había dado ya en Nueva York una lecture de "Eureka", su poema cosmogónico, que había promovido incluso grandes discusiones. Pensó aquella vez dar lectures en su tierra natal, Virginia. Contaba, como escribió a Willis, con hacer una gira por el Oeste y el Sur y confiaba en el concurso de sus amigos literarios y de sus antiguas amistades de colegio y de West-Point.

Visitó, pues, las principales ciudades de Virginia y Richmond contempló de nuevo a aquel a quien había conocido allí tan joven, tan pobre, tan derrotado.

Todos los que no habían visto a Poe desde el tiempo de su oscuridad acudieron en masa para examinar a su ilustre compatriota. Y él apareció apuesto, elegante, correcto, como el genio. Hasta creo que desde hacía algún tiempo había él llevado su condescendencia al extremo de hacer que le admitiesen en una sociedad de templanza.

Escogió un tema tan amplio como elevado: El principio de la poesía, y lo desarrolló con esa lucidez que es uno de sus privilegios. Creía, como verdadero poeta que era, que la finalidad de la poesía es de la misma naturaleza que su principio, y que no debe fijarse en otra cosa más que en sí misma.

La buena acogida que le dispensaron inundó su pobre corazón de orgullo y de gozo; se mostraba de tal modo encantado, que hablaba de establecerse definitivamente en Richmond y de acabar su vida en los lugares que su infancia le había hecho dilectos.

Sin embargo, tenía asuntos en Nueva York, y partió el 4 de octubre, quejándose de escalofríos y de debilidad. Como siguiera sintiéndose bastante mal, al llegar a Baltimore, el 6, por la noche, hizo llevar su equipaje al embarcadero, desde donde debía dirigirse a Filadelfia, y entró en una taberna para tomar un excitante cualquiera.

Allí, por desgracia, se encontró con antiguos amigos y se detuvo más de la cuenta. A la mañana siguiente, en las pálidas tinieblas del alba, fue encontrado un cadáver en la vía pública.

¿Debe decirse así?

No, un cuerpo vivo aún, pero que la muerte había marcado ya con su real sello.

Sobre aquel cuerpo, cuyo nombre se ignoraba, no se hallaron ni papeles ni dinero, y lo transportaron a un hospital.

Allí murió Poe, la noche misma del domingo 7 de octubre de 1849, a la edad de treinta y siete años, vencido por el delirium tremens, ese terrible visitante que había ya atacado su cerebro una o dos veces.

Así desapareció de este mundo uno de los más grandes héroes literarios, el hombre que había escrito en El gato negro estas palabras fatídicas: "¿Qué enfermedad es comparable al alcohol?"

Esa muerte es casi un suicidio, un suicidio preparado desde hacía largo tiempo. Cuando menos, provocó el escándalo. Fue grande el clamor, y la virtud dio salida a su canto enfático, libre y voluntariosamente.

Las oraciones fúnebres más indulgentes tuvieron que dejar sitio a la inevitable moral burguesa, que se cuidó de no perder una ocasión tan admirable. Mr. Griswold difamó; Mr. Willis, sinceramente afligido, se comportó más que decorosamente.

¡Ay! El que había franqueado las alturas más arduas de la estética, sumiéndose en los abismos menos explorados del intelecto humano; el que, a través de una vida que se asemeja a una tempestad sin calma, había encontrado medios nuevos, procedimientos desconocidos para asombrar la imaginación, para seducir los espíritus sedientos de Belleza, acababa de morir en unas horas en un lecho del hospital.

¡Qué destino!

¡Y tanta grandeza y tanto infortunio para levantar un torbellino de fraseología burguesa, para convertirse en pasto y tema de los periodistas virtuosos! Ut declamatio fiars!

Estos espectáculos no son nuevos; es raro que un sepulcro reciente e ilustre no sea un lugar de cita de escándalo.

Por otra parte, la sociedad no ama a esos rabiosos desventurados, y ya sea porque perturbaban sus fiestas o ya sea porque los considere de buena fe como remordimientos, tiene ella, a no dudar, razón.

¿Quién no recuerda las declamaciones parisienses a raíz de la muerte de Balzac, que murió, empero, de manera correcta?

Y en fecha más reciente aún —hace hoy, 26 de enero, un año justo—, cuando un escritor de una honradez admirable, de una elevada inteligencia, y siempre lúcido, fue discretamente, sin molestar a nadie —tan discretamente, que su discreción parecía desprecio—, a exhalar su alma en la calle más negra que pudo encontrar, ¡qué asqueantes homilías, qué asesinato refinado!

Un periodista célebre, a quien Jesús no enseñara nunca maneras generosas, encontró la aventura lo bastante jovial para celebrarla con un burdo retruécano. Entre la nutrida enumeración de los derechos del hombre que la sabiduría del siglo XIX repite tan a menudo y con tanta complacencia, se han olvidado dos asaz importantes, que son: el derecho a contradecirse y el derecho a marcharse.

Pero la sociedad mira al que se va como a un insolente; castigaría de buena gana ciertos despojos fúnebres, como aquel infeliz soldado atacado de vampirismo a quien la vista de un cadáver exasperaba hasta el frenesí.

Y con todo, puede decirse que, bajo la presión de determinadas circunstancias, después de un serio examen de ciertas incompatibilidades, con firmes creencias en ciertos dogmas y metempsicosis; puede decirse, sin énfasis y sin juego de palabras, que el suicidio es a veces el acto más razonable de la vida.

Y así se forma una compañía de fantasmas, ya numerosa, que nos visita familiarmente, y en la que cada miembro viene a ensalzarnos su reposo actual y a confiarnos sus persuasiones.

Confesemos, no obstante, que el lúgubre fin del autor de

Eureka suscitó algunas consoladoras excepciones, sin lo cual sería cosa de desesperarse y el mundo resultaría insufrible.

Mr. Willis, como ya he dicho, habló con honradez, y hasta con emoción, de las buenas relaciones que había mantenido siempre con Poe. Los señores John Neal y George Graham llamaron al señor Griswold al orden. El señor Longfellow —y ello es tanto más meritorio cuanto que Poe le había maltratado cruelmente— supo alabar de una manera digna de un poeta su elevada potencia como poeta y como prosista. Un desconocido escribió que la América literaria había perdido su cabeza más poderosa.

Pero el corazón partido, el corazón desgarrado, el corazón traspasado por siete puñales, fue el de la señora Clemm.

Edgar era a la vez su hijo y su hija.

"¡Rudo destino —dice Willis, de quien tomo estos detalles casi textualmente—, rudo destino el que ella velaba y protegía!

Porque Edgar A. Poe era un hombre embarazoso; aparte de que escribía con una fastidiosa dificultad y con un estilo demasiado por encima del nivel intelectual corriente para poderle pagar caro, estaba siempre atosigado por apuros monetarios, y con frecuencia él y su mujer enferma carecían de las cosas más precisas en la vida."

Un día, Willis vio entrar en su despacho a una mujer, vieja, dulce, seria. Era la señora Clemm. Buscaba trabajo para su querido Edgar. El biógrafo dice que se sintió hondamente emocionado no sólo por el elogio perfecto, por la exacta apreciación que hizo ella del talento de su hijo, sino también por todo su aspecto exterior, por su voz suave y triste, por sus maneras un poco anticuadas, pero bellas y nobles.

"Y durante varios años —añade— hemos visto a esa infatigable servidora del genio, pobre y mal vestida, de diario en diario para vender unas veces un poema, otras un artículo, diciendo en ocasiones que estaba enfermo —única aplicación, única razón, invariable disculpa que ella daba cuando su hijo se hallaba atacado momentáneamente de una de esas esterilidades que conocen los escritores nerviosos—, sin permitir nunca que sus labios soltasen una palabra que pudiera ser interpretada como una duda, como una falta de confianza en el genio y en la voluntad de su bienamado."

Cuando su hija murió, ella se consagró al superviviente de la destrozada batalla con un ardor maternal acrecentado, vivió con él, le cuidó, le vigiló, defendiéndole contra la vida y contra él mismo.

"En verdad —termina Willis con una elevada e imparcial razón—, si la abnegación de la mujer, nacida con un primer amor y mantenida por la pasión humana, glorifica y consagra su objeto, ¿qué no dice en favor del que le inspiró una abnegación como ésta, pura, desinteresada y santa como un centinela divino?"

Los detractores de Poe hubieran debido, en efecto, darse cuenta de que hay seducciones tan poderosas, que no pueden ser sino virtudes.

Es de imaginar lo terrible que fue la noticia para la desdichada mujer.

Escribió una carta a Willis, de la cual son estas líneas:

"He sabido esta mañana la muerte de mi bienamado Eddie… ¿Puede usted comunicarme algunos detalles, algunas circunstancias?… ¡Oh, no deje a su pobre amiga en esta amarga aflicción!… Dígale al señor X que venga a verme; tengo que participarle un encargo de mi pobre Eddie… No necesito rogarle que anuncie usted su muerte, y que hable bien de él. Sé que lo hará. Pero recalque usted bien el hijo afectuoso que era para mí, su pobre madre desolada…"

Esta mujer se me aparece grande y más que noble. Herida por un golpe irreparable, sólo piensa en la reputación del que lo era todo para ella, y no basta para contestarle con decir que era un genio; es preciso que sepan que era un hombre recto y afectuoso.

Es evidente que esa madre —antorcha y hogar encendidos por un rayo del más alto cielo— ha sido dada como ejemplo a nuestras razas, muy poco preocupadas de la abnegación, del heroísmo y de todo cuanto es más que el deber.

¿No era justo inscribir a la cabeza de las obras del poeta el nombre de la que fue el sol moral de su vida?

Aromará en su gloria el nombre de la mujer cuya ternura sabía curar sus llagas, y cuya imagen volará sin cesar por encima del martirologio de la literatura.

III

La vida de Poe, sus costumbres, sus modales, su ser físico, todo lo que constituye el conjunto de su personalidad, se nos aparece como algo tenebroso y brillante a la vez.

Su persona era singular, seductora, y, como sus obras, estaba marcada por un indefinible sello de melancolía.

Por lo demás, él se hallaba notablemente dotado en todos los sentidos. De joven había demostrado una rara aptitud para todos los ejercicios físicos, y aun siendo pequeño de estatura, con pies y manos femeniles, mostrando todo su ser ese carácter de delicadeza femenina, era más que robusto y capaz de maravillosas pruebas de fuerza.

En su juventud ganó una apuesta como nadador que supera la medida ordinaria de lo posible. Diríase que la Naturaleza da a aquellos de quienes quiere conseguir grandes cosas un temperamento enérgico, así como da una poderosa vitalidad a los árboles encargados de simbolizar el duelo y el dolor.

Esos hombres, de apariencia a veces enfermiza, están forjados como atletas, son aptos para la orgía y para el trabajo, prontos a los excesos y capaces de asombrosas sobriedades.

Hay algunos puntos relativos a Edgar A. Poe sobre los cuales existe un acuerdo unánime, como, por ejemplo, su elevada distinción natural, su elocuencia y su belleza, de la que, según dicen, se sentía un tanto vanidoso.

Sus maneras, mezcla singular de altivez y de dulzura exquisita, estaban llenas de firmeza. Su fisonomía, sus andares, sus gestos, sus movimientos de cabeza, todo le señalaba, máxime en sus días buenos, como un ser elegido.

Toda su persona respiraba una solemnidad penetrante. Estaba, en realidad, marcado por la Naturaleza, como esas figuras de viandantes que atraen la mirada del observador y preocupan su memoria. El propio pedante y agrio Griswold confiesa que, cuando fue a visitar a Poe y le encontró pálido y enfermo aún por la muerte y la enfermedad de su mujer, se sintió conmovido en alto grado no sólo por la perfección de sus modales, sino también por su fisonomía aristocrática, por la atmósfera perfumada de su habitación, muy modestamente amueblada.

Griswold ignora que el poeta posee más que todos los otros hombres ese maravilloso privilegio, atribuido a la mujer parisiense y a la española, de saber adornarse con nada, y que Poe, enamorado de lo Bello en todas las cosas, hubiese encontrado el arte de transformar una choza en un palacio de nueva clase. ¿No ha escrito, con el talento más original y curioso, proyectos de mobiliarios, planos de casas de campo, de jardines y de reformas de paisajes?

Existe una carta encantadora de la señora Frances Osgood, que fue una de las amigas de Poe, y que nos da sobre sus costumbres, sobre su persona y sobre su vida doméstica los más curiosos detalles. Esta dama, que era también una escritora distinguida, niega valientemente todos los vicios y todas las faltas achacados al poeta.

"Con los hombres —dice a Griswold—, quizá fuese como usted le describe, y como hombre puede usted tener razón. Pero yo afirmo el hecho de que con las mujeres era muy distinto, y de que nunca ha habido mujer alguna que haya conocido a Mr. Poe que no haya experimentado hacia él un profundo interés. Siempre se me apareció como un modelo de elegancia, de distinción y de generosidad…

"La primera vez que nos vimos fue en Astor House. Willis me había dado en casa El cuervo, sobre el cual el autor, me dijo, deseaba conocer mi opinión. La música misteriosa y sobrenatural de ese poema extraño me penetró tan íntimamente, que, cuando supe que Poe deseaba serme presentado, experimenté un sentimiento singular que se asemejaba al espanto. Apareció él con su bella y orgullosa cabeza, sus ojos sombríos que lanzaban una luz elegida, una luz de sentimiento y de pensamiento; con sus maneras que eran una mezcla intraducible de altivez y de suavidad. Me saludó, tranquilo, serio, casi frío; pero bajo aquella frialdad vibraba una simpatía tan marcada, que no pude por menos de sentirme impresionada a fondo. A partir de aquel momento, hasta su muerte, fuimos amigos…, y sé que en sus últimas palabras tuve mi parte de recuerdo, y que él me dio, antes que su razón fuese derrocada de su trono de soberana, una prueba suprema de su fiel amistad.

"Era, sobre todo en su interior, a la vez sencillo y poético, donde el carácter de Edgar A. Poe se mostraba para mí bajo su mejor aspecto. Bromista, afectuoso, ingenioso; tan pronto dócil como indómito, lo mismo que un niño mimado, tenía siempre para su joven, dulce y adorada mujer, y para todos los que acudían, aun en medio de sus más fatigosas labores literarias, una palabra amable, una sonrisa benévola, atenciones graciosas y corteses.

"Se pasaba horas interminables ante su mesa, bajo el retrato de su Leonora, la amada y la muerta, siempre asiduo, siempre resignado y fijando con su admirable letra las brillantes fantasías que cruzaban su asombroso cerebro, sin cesar en alerta.

"Recuerdo haberle visto una mañana más alegre y jovial que de costumbre. Virginia, su dulce mujer, me había rogado que fuese a verlos, y me era imposible resistir sus ruegos… Le encontré trabajando en la serie de artículos que ha publicado bajo el título The Literature of New York. "Vea usted —me dijo, desplegando con una risa triunfal varios pequeños rollos de papel (escribía sobre tiras estrechas, sin duda para adaptar su copia a la justificación de los diarios)—; voy a mostrarle por la diferencia de tamaños los diversos grados de estimación que tengo por cada miembro de su especie literaria. En cada uno de estos papeles, uno de ustedes es vapuleado y discutido particularmente. ¡Ven aquí, Virginia, y ayúdame!" Y los desplegaron todos, uno por uno. Al final había uno que parecía interminable. Virginia, riendo, retrocedía hasta un extremo de la habitación, cogiéndolo por una punta, y su marido hacia otro rincón, con la otra punta. "¿Y quién es el afortunado —dije— que ha juzgado usted digno de esa inconmensurable ternura?" "¿Ustedes la oyen? ¡Como si su vanidoso corazoncito no le hubiese ya dicho que es ella!"

"Cuando me vi obligada a viajar por motivos de salud, sostuve una correspondencia regular con Poe, obedeciendo en esto a las vivas instancias de su mujer, quien creía que podía yo tener sobre él una influencia y un ascendiente saludables… En cuanto al amor y a la confianza que existían entre su mujer y él, y que eran para mí un espectáculo delicioso, no podría hablar de ellos con la convicción y el calor suficientes. No menciono algunos pequeños episodios poéticos a los cuales le impulsó su temperamento novelesco. Creo que era la única mujer a quien él amó de verdad…"

En las novelas cortas de Poe no hay nunca amor. Al menos, Ligeia, Eleonora, no son, hablando con propiedad, historias de amor, ya que la idea principal sobre la que gira la obra es otra por completo.

Acaso él creía que la prosa no es lengua a la altura de ese singular y casi intraducible sentimiento; porque sus poesías, en cambio, están fuertemente saturadas de él. La divina pasión aparece en ellas, magnífica, estrellada, velada siempre por una irremediable melancolía.

En sus artículos habla a veces del amor como de una cosa cuyo nombre hace temblar la pluma. En The Domain of Arnhaim afirmará que las cuatro condiciones elementales de la felicidad son: la vida al aire libre, el amor de una mujer, el desapego de toda ambición y la creación de una nueva Belleza. Lo que corrobora la idea de la señora Frances Osgood referente al aspecto caballeresco de Poe por las mujeres es que, pese a su prodigioso talento para lo grotesco y lo horrible, no haya en toda su obra un solo pasaje que se refiera a la lujuria, ni siquiera a los goces sensuales. Sus retratos de mujeres están, por decirlo así, aureolados; brillan en el seno de un vapor sobrenatural y están pintados con la manera enfática de un adorador.

En cuanto a los pequeños episodios novelescos, ¿puede a uno extrañarle que un ser tan nervioso, cuya sed por lo Bello era quizá su rasgo principal, haya cultivado a veces, con un ardor apasionado, la galantería, esa flor volcánica, almizclada, para quien el cerebro vehemente de los poetas es un terreno predilecto?

De su singular belleza personal, a la que se refieren varios biógrafos, el espíritu puede, creo yo, hacerse una idea aproximada recurriendo a todas las nociones vagas, características, contenidas en la palabra romántica, palabra que sirve generalmente para representar los géneros de belleza que consisten sobre todo en la expresión.

Poe tenía una frente amplia, dominadora, en la que ciertas protuberancias revelaban las facultades desbordantes que están encargadas de representar —construcción, comparación, causalidad— y donde predominaban en un orgullo tranquilo el sentido de la idealidad, el sentido estético por excelencia.

Sin embargo, pese a esos dones, o aun a causa de esos privilegios exorbitantes, aquella cabeza, vista de perfil, no presentaba tal vez un aspecto agradable. Como en todas las cosas excesivas por un sentido, un déficit podía originarse de la abundancia, una pobreza de la usurpación.

Tenía unos ojos grandes, sombríos y luminosos a la vez, de un color incierto y tenebroso, tendiendo al violeta; la nariz, noble y sólida; la boca, fina y triste, aunque levemente sonriente; el cutis, moreno claro; el rostro, de ordinario, pálido; la fisonomía, un poco distraída e imperceptiblemente velada por una melancolía habitual.

Su conversación era de las más notables y con un fondo sustancioso. No era eso que se llama un charlista presuntuoso —cosa horrible—, y, además, su palabra, como su pluma, tenía horror a lo convencional; pero una amplia cultura, un rico vocabulario, profundos estudios, impresiones recogidas en varios países, hacían de su palabra una enseñanza.

Su elocuencia, esencialmente poética, llena de método y moviéndose, empero, fuera de todo método conocido, arsenal de imágenes sacadas de un mundo poco frecuentado por la mayoría de los espíritus; un arte prodigioso para deducir de una proposición evidente y en absoluto aceptable nociones secretas y nuevas, para abrir sorprendentes perspectivas; en una palabra, el don de extasiar, de hacer pensar, de hacer soñar, de arrancar las almas del fango de la rutina: tales cosas eran sus deslumbradoras facultades, de las que muchas personas han conservado recuerdo.

Pero sucedía a veces —eso cuentan, al menos— que el poeta, complaciéndose en un capricho destructor, arrastraba de nuevo con brusquedad a sus amigos a la tierra por obra de un cinismo desconsolador y derrocaba, brutal, su obra, henchida de espiritualidad.

Hay, por lo demás, que señalar una cosa: que era muy poco exigente en la elección de sus oyentes, y creo que el lector encontrará sin dificultad en la Historia otras inteligencias grandes y originales para quienes toda compañía era buena. Ciertos espíritus, solitarios en medio de la multitud, y que se nutren en el monólogo, prescinden de la delicadeza en materia de público. Es, en suma, una especie de fraternidad basada en el desprecio.

De esa embriaguez —celebrada y reprochada con una insistencia que podría hacer creer que todos los escritores de los Estados Unidos, excepto Poe, son ángeles de sobriedad— hay que hablar, no obstante.

Existen varias versiones plausibles, y ninguna excluye las otras. Ante todo, estoy obligado a hacer observar que Willis y la señora Osgood afirman que una cantidad muy pequeña de vino o de licor bastaba para perturbar por completo su organismo. Es, por cierto, fácil de suponer que un hombre tan verdaderamente solitario, tan profundamente desdichado, y que pudo considerar con frecuencia todo el sistema social como una paradoja y una impostura; un hombre que, acosado por un destino inexorable, repetía a menudo que la sociedad no implica más que un tropel de miserables (Griswold refiere esto tan escandalizado como un hombre que puede pensar lo mismo, pero que no lo dirá nunca); es natural, digo, suponer que ese poeta, muy infantil en los azares de la vida libre, con el cerebro cercado por un trabajo áspero y continuo, haya buscado algunas veces una voluptuosidad de olvido en las botellas. Rencores literarios, vértigos del infinito, dolores hogareños, insultos de la miseria.

Poe huía de todo ello en la negrura, como de una tumba preparatoria, de la borrachera. Pero, por buena que parezca semejante explicación, no la encuentro lo bastante amplia, y desconfío de ella a causa de su deplorable simplicidad.

He sabido que él no bebía como un ansioso, sino como un bárbaro, con una actividad y una economía de tiempo totalmente americanas, como si realizase una función homicida, como si tuviese algo en él que matar, *a worm that would not die*.

Se cuenta, además, que un día, en el momento de volver a casarse (habían corrido las amonestaciones, y cuando le felicitaban por aquel enlace que le aportaba las más elevadas condiciones de felicidad y de bienestar, habría él dicho: "Es posible que hayan corrido las amonestaciones; pero fíjense bien en esto: ¡no me casaré!"), fue con una borrachera atroz a escandalizar en la vecindad de la que debía ser su mujer, recurriendo así a su vicio para librarse de un perjurio hacia la pobre muerta, cuya imagen vivía siempre en él y a quien había cantado a maravilla en su Annabel Lee. Considero, pues, en un gran número de casos el hecho infinitamente precioso de premeditación como es sabido y comprobado.

Leo, por otra parte, en un largo artículo de Southern Literary Messenger —esa misma revista cuya fortuna había él iniciado— que jamás la pureza y la perfección de su estilo, jamás la claridad de su pensamiento y su ardor en el trabajo fueron alterados por esa terrible costumbre; que la confección de la mayoría de sus excelentes trozos precedió o siguió a alguna de sus crisis; que después de la publicación de Eureka se entregó lamentablemente a su inclinación, y que en Nueva York, la mañana misma en que aparecía El cuervo, cuando el nombre del poeta estaba en todas las bocas, él cruzaba Broadway tambaleándose de un modo bochornoso. Observen ustedes que las palabras precedido o seguido implican que la embriaguez podía servir de excitante lo mismo que de descanso.

Ahora bien: es indudable que —parecidas a esas impresiones fugaces y chocantes, tanto más chocantes en sus reapariciones cuanto más fugaces son, que siguen a veces a un síntoma exterior, especie de advertencia como el sonido de una campana, una nota musical o un perfume olvidado, las cuales son también seguidas de un suceso análogo a otro suceso ya conocido y que ocupaba el mismo lugar en una cadena anteriormente revelada; semejantes a esos singulares sueños periódicos que se repiten cuando dormimos— existen en la borrachera no sólo encadenamientos de sueños, sino una serie de razonamientos que necesitan, para reproducirse, del medio que les ha dado origen.

Si el lector me ha atendido sin repugnancia habrá adivinado ya mi conclusión: creo que en muchos casos —no en todos, ciertamente— la embriaguez de Poe era un medio mnemotécnico, un método de trabajo, método enérgico y mortal, pero apropiado a su naturaleza apasionada.

El poeta había aprendido a beber, como un escritor escrupuloso se ejercita llenando cuadernos de notas. No podía resistir el deseo de hallar de nuevo las visiones maravillosas o aterradoras, las concepciones sutiles que había encontrado en una tempestad precedente: eran viejas amistades que le atraían, imperativas, y para reanudar su relación con ellas tomaba el camino más peligroso, pero el más directo. Una parte de lo que hoy produce nuestro goce es lo que le mató.

IV

De las obras de ese singular genio poco tengo que decir; el público mostrará lo que de ellas piensa. Me sería difícil quizá, pero no imposible, esclarecer su método, explicar su procedimiento, sobre todo en la parte de sus obras cuyo principal efecto reside en un análisis bien manejado. Podría yo introducir al lector en los misterios de su fabricación, extenderme largamente sobre esa porción de genio americano que le hace regocijarse de una dificultad vencida, de un enigma explicado, de un *tour de force* realizado; que le impulsa a divertirse con una voluptuosidad infantil y casi perversa en el mundo de las probabilidades y de las conjeturas, y a crear mentiras a las cuales su arte sutil presta una vida verdadera.

Nadie negará que Poe es un prestidigitador maravilloso, y sé que otorgaba sobre todo su estimación a otra parte de sus obras. Tengo que hacer algunas observaciones más importantes, muy breves, en suma.

No es por sus milagros materiales, que le han dado, empero, su fama, por lo que él conquistará la admiración de las gentes que piensan, sino por su amor a lo Bello, por su conocimiento de las condiciones armónicas de la belleza, por su poesía profunda y gimiente, siquiera trabajada, transparente y correcta como una joya de cristal; por su admirable estilo, puro y singular —apretado como las mallas de una cota—, complaciente y minucioso —y cuya más ligera intención sirve para llevar suavemente al lector hacia un fin deseado—, y, en fin, sobre todo, por ese genio especialísimo, por ese temperamento único que le ha permitido pintar y explicar de una manera impecable, sorprendente, terrible, la excepción en el orden moral.

Diderot, para escoger un ejemplo entre cientos, es un autor sanguíneo. Poe es el escritor de los nervios, e incluso de algo más, y el mejor que yo conozco.

En él, toda entrada en materia es atrayente sin violencia, como un torbellino. Su solemnidad sorprende y mantiene el espíritu alerta. Percibe uno en seguida que se trata de algo serio. Y lentamente, poco a poco, se desenvuelve una historia cuyo interés todo se basa sobre una imperceptible desviación del intelecto, sobre una hipótesis audaz, sobre una dosificación imprudente de la Naturaleza en la amalgama de las facultades. El lector, apresado por el vértigo, se ve obligado a seguir al autor en sus atractivas deducciones.

Ningún hombre, lo repito, ha contado con mayor magia las excepciones de la vida humana y de la Naturaleza, los ardores de curiosidad de la convalecencia, los finales de estación cargados de esplendores enervantes, los tiempos cálidos, húmedos y brumosos, en que el viento del Sur ablanda y afloja los nervios como las cuerdas de un instrumento, en que los ojos se llenan de lágrimas que no provienen del corazón; la alucinación dejando lo primero sitio a la duda, y muy pronto convencida y razonadora como un libro; lo absurdo instalándose en la inteligencia y rigiéndola como una lógica espantosa, la histeria usurpando el sitio de la voluntad, la contradicción asentada entre los nervios y el espíritu, y el hombre desacorde hasta el punto de expresar el dolor con la risa.

Él analiza lo que hay de más fugaz, sopesa lo imponderable y describe en una forma minuciosa y científica, cuyos efectos son terribles, toda esa parte imaginaria que flota en torno al hombre nervioso y le hace acabar mal.

El ardor mismo con que se arroja a lo grotesco por amor a lo grotesco, a lo horrible por amor a lo horrible, me sirve para comprobar la sinceridad de su obra y la unión del hombre con el poeta. He observado ya que en varios hombres ese ardor era con frecuencia el resultado de una amplia energía vital inocupada, a veces de una obstinada castidad y también de una profunda sensibilidad contenida.

La voluptuosidad sobrenatural que el hombre puede experimentar viendo correr su propia sangre; los movimientos repentinos, violentos, inútiles; los fuertes gritos lanzados al aire, sin que el espíritu mande a la garganta, son fenómenos a situar en el mismo orden.

En el seno de esta literatura en que el aire está enrarecido, el espíritu puede experimentar esa gran angustia, ese miedo pronto a las lágrimas y ese malestar del corazón que residen en los lugares inmensos y singulares.

Pero la admiración es más fuerte, ¡y, además, el arte es tan grande! Los fondos y los accesorios son en ella apropiados al sentimiento de los personajes. Soledad de la Naturaleza o agitación de las ciudades, todo está descrito en ella nerviosa y fantásticamente.

Como a nuestro Eugene Delacroix, que ha elevado su arte a la altura de la poesía grande, a Edgar A. Poe le complace agitar sus figuras sobre fondos violáceos y verdosos en que se revelan la fosforescencia de la podredumbre y el olor de la tormenta. La naturaleza que llaman inanimada participa de la naturaleza de los seres vivos, y, como ellos, se estremece con un temblor sobrenatural y galvánico. El espacio se ahonda por el opio; el opio da en él un sentido mágico a todos los tonos, y hace vibrar todos los ruidos con una sonoridad más significativa. A veces, lejanías magníficas, henchidas de luz y de color, se abren de repente en sus paisajes, y se ve aparecer en el fondo de sus horizontes ciudades orientales y arquitecturas vaporizadas por la distancia, donde el sol lanza lluvias de oro.

Los personajes de Poe, o más bien el personaje de Poe —el hombre de facultades sobreagudizadas, el hombre de nervios relajados, el hombre cuya voluntad ardorosa y paciente lanza un reto a las dificultades, aquel cuya mirada se clava con la rigidez de una espada sobre objetos que se agrandan a medida que él los mira— es Poe mismo.

Y sus mujeres, todas dolientes y luminosas, muriendo de males extraños y hablando con una voz que parece música, son él también, o, cuando menos, por sus raras aspiraciones, por su saber, por su melancolía incurable, participan mucho de la naturaleza de su creador.

En cuanto a su mujer ideal, a su Titánida, se revela bajo diferentes retratos, esparcidos en sus poesías demasiado escasas, retratos, o, mejor, modos de sentir la belleza, que el temperamento del autor aproxima y confunde en una unidad vaga, pero sensible, en la que vive más delicadamente acaso que en otra parte ese amor insaciable de lo Bello, que es su gran título; es decir, el resumen de los títulos que él posee al efecto y al respeto de los poetas.

Si tengo nueva ocasión, como espero, de hablar de este lírico, haré el análisis de sus opiniones filosóficas y literarias, así como, en general, de las obras cuya traducción completa tendría pocas probabilidades de éxito entre un público que prefiere con mucho la diversión y la emoción a la más importante verdad filosófica.

Poemas escritos en la juventud

Traducidos por
Alberto Lasplaces

Poems

W.H.R.

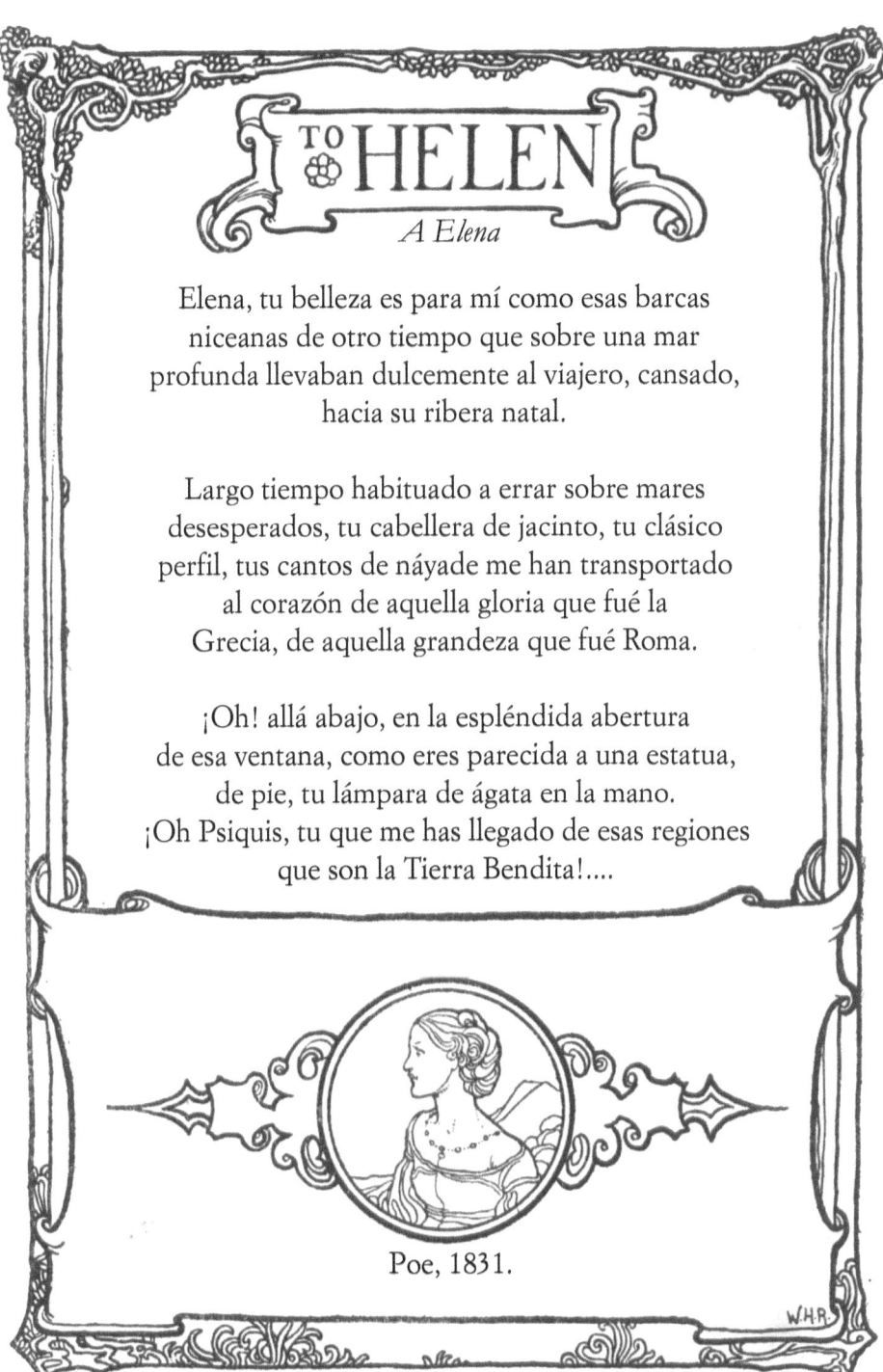

TO HELEN

A Elena

Elena, tu belleza es para mí como esas barcas
niceanas de otro tiempo que sobre una mar
profunda llevaban dulcemente al viajero, cansado,
hacia su ribera natal.

Largo tiempo habituado a errar sobre mares
desesperados, tu cabellera de jacinto, tu clásico
perfil, tus cantos de náyade me han transportado
al corazón de aquella gloria que fué la
Grecia, de aquella grandeza que fué Roma.

¡Oh! allá abajo, en la espléndida abertura
de esa ventana, como eres parecida a una estatua,
de pie, tu lámpara de ágata en la mano.
¡Oh Psiquis, tu que me has llegado de esas regiones
que son la Tierra Bendita!....

Poe, 1831.

A la Ciencia

¡Oh Ciencia! tu eres la verdadera hija del
viejo tiempo, tu, cuya mirada indiscreta transforma
todas las cosas! ¿Por qué haces tu presa
del corazón del poeta, oh buitre, cuyas alas son
las sombrías realidades? ¿Cómo podría él
amarte? Como te creería sabia si no has
querido dejarlo vagar en sus ensueños en busca
de tesoros en el seno de los cielos constelados,
por más de que hasta allí subiera con ala intrépida?
¿No has arrancado Diana a su carro,
y obligado a las hamadriadas de la selva a buscar
un asilo en alguna otra estrella más feliz?
¿No has sacado a la náyade de su ola, al elfo de
su pradera verde y a mí mismo no me has arrebatado
mi sueño estival bajo los tamarindos?

Poe, 1829.

Los espíritus de los muertos

Tu alma se encontrará sola, cautiva de los
negros pensamientos de la gris piedra tumbal;
ninguna persona te inquietará en tus horas de
recogimiento.

Quédate silenciosamente en esa soledad que
no es abandono,—porque los espíritus de los
muertos que existieron antes que tú en la vida,
te alcanzarán y te rodearán en la muerte,—y
la sombra proyectada sobre tu cara obedecerá
a su voluntad; por lo tanto, permanece tranquilo.

Aunque serena, la noche fruncirá su ceño,
y las estrellas, de lo alto de sus tronos celestes,
no bajarán más sus miradas con un resplandor
parecido al de la esperanza que se concede a
los mortales; pero sus órbitas rojas, desprovistas

de todo rayo, serán para tu corazón marchito
como una quemadura, como una fiebre
que querrá unirse a ti para siempre.

Ahora, te visitan pensamientos que no ahuyentarás
jamás; ahora surgen ante ti visiones
que no se desvanecerán jamás; jamás ellas dejarán
tu espíritu, pero se fijarán como gotas
de rocío sobre la hierba.

La brisa,—esa respiración de Dios,—reposa
inmóvil, y la bruma que se extiende como una
sombra sobre la colina,—como una sombra cuyo
velo no se ha desgarrado todavía,—resulta así
un símbolo y un signo. Como logra permanecer
suspendida a los árboles, ese es el misterio
de los misterios!

Poe, 1827.

La estrella de la tarde

Era en el corazón del verano y en medio de
la noche. Las estrellas marchando en sus órbitas
brillaban con un pálido resplandor a través
de la luz más viva de la fría luna, mientras que
ésta, rodeada de los planetas, sus esclavos,
lanzaba desde lo alto de los cielos, sus rayos
sobre las olas.

Yo contemplaba su triste sonrisa, demasiado
fría, demasiado fría para mí. Una nube oscura
vino a pasar, semejante a un sudario, y fué
entonces que me volví hacia ti, Estrella del
Sur, orgullosa en tu gloria lejana. Y ahora
me será más querida tu luz, porque lo que me
traes de más magnificente a través del cielo
nocturno, es la alegría de mi corazón, y yo prefiero
tu discreto y lejano resplandor a esa llama
cercana pero más fría!

Poe, 1827.

El reino de las hadas

Valles oscuros, torrentes umbríos, bosques
nebulosos en los cuales nadie puede descubrir
las formas a causa de las lágrimas que gota a
gota se lloran de todas partes! Allá, lunas desmesuradas
crecen y decrecen, siempre, ahora,
siempre, a cada instante de la noche, cambiando
siempre de lugar, y bajo el hálito de sus faces
pálidas ellas oscurecen el resplandor de las
temblorosas estrellas. Hacia la duodécima
hora del cuadrante nocturno una luna más
nebulosa que las otras,—de una especie que las
hadas han probado ser la mejor,—desciende
hasta bajo el horizonte y pone su centro sobre
la corona de una eminencia de montañas, mientras
que su vasta circunferencia se esparce en
vestiduras flotantes sobre los caseríos, sobre las
mismas mansiones distantes, sobre bosques

extraños, sobre la mar, sobre los espíritus que
danzan, sobre cada cosa adormecida, y los sepulta
completamente en un laberinto de luz.

Y entonces, ¡cuán profundo es el éxtasis de
ese su sueño! De mañana, ellas se levantan, y su
velo lunar vuela por los cielos mientras se agitan
como pálido albatros al soplo de la tempestad
que las sacude como a casi todas las cosas.
Pero cuando las hadas que se han refugiado
bajo esa luna de la que se han servido, por así
decirlo, como de una tienda, la dejan, no pueden
jamás volver a encontrar abrigo. Y los átomos
de ese astro se dispersan y se convierten bien
pronto en una lluvia, de la cual las mariposas
de esta tierra, que buscan en vano los cielos
y vuelven a descender,—¡criaturas jamás
satisfechas!—nos devuelven partículas a veces
sobre sus alas estremecidas.

Poe, 1831.

THE LAKE-
TO ———

El lago

En la primavera de mi juventud, fué mi destino
no frecuentar de todo el vasto mundo sino
un solo lugar que amaba más que todos los otros,
tanta era de amable la soledad de su lago salvaje,
rodeado por negros peñascos y de altos
pinos que dominaban sus alrededores.

Pero cuando la noche tendía su sudario sobre
ese lugar como sobre todas las cosas, y se agregaba
el místico viento murmurando su melodía,
entonces, ¡oh, entonces se despertaba
siempre en mí el terror por ese lago solitario!

Y sin embargo ese terror no era miedo, sino
una turbación deliciosa, un sentimiento que
ninguna mina de piedras preciosas podría inspirarme
o convidarme a definir, ni el amor
mismo, aunque ese amor fuera el tuyo.

La muerte reinaba en el seno de esa onda
envenenada, y en su remolino había una tumba

bien hecha para aquel que pudiera beber en
ella un consuelo a su imaginación taciturna, para
aquel cuya alma desamparada pudiera haberse
hecho un Edén de ese lago velado.

Poe, 1827.

Un sueño

¡Recibe en la frente este beso!
Y, por librarme de un peso
antes de partir, confieso
que acertaste si creías
que han sido un sueño mis días;
¿Pero es acaso menos grave
que la esperanza se acabe
de noche o a pleno sol,
con o sin una visión?
Hasta nuestro último empeño
es sólo un sueño dentro de un sueno.

Frente a la mar rugiente
que castiga esta rompiente
tengo en la palma apretada
granos de arena dorada.
¡Son pocos! Y en un momento
se me escurren y yo siento

surgir en mí este lamento:
¡Oh Dios! ¿Por qué no puedo
retenerlos en mis dedos?
¡Oh Dios! ¡Si yo pudiera
salvar uno de la marea!
¿Hasta nuestro último empeño
es sólo un sueño dentro de un sueño?

Poe, 1827.

Un Peán

I

¿Cómo será leído el rito del entierro?
¿La solemne canción cantada?
¿El réquiem para las más bella muerta,
que haya muerto tan joven?

II

Sus amigos están contemplándola,
en su vistoso féretro.
¡Y lloran! ¡Oh!, deshonrar
la belleza muerta, con una lágrima!

III

Ellos la amaban por su riqueza
la odiaban por su orgullo.

Pero ella creció con salud feble,
y ellos la aman, pues murió.

IV

Ellos me dicen (mientras hablan
de su "costosa mortaja bordada")
que mi voz se está volviendo débil,
que no debería cantar de ningún modo.

V

¡Oh, que mi tono debiera
adecuarse a tan solemne canción
tan lastimera, tan lastimera,
que la muerta no sintiese agravio.

VI

Pero ella se ha ido arriba,
con la joven esperanza a su lado,
y yo estoy embriagado con el amor
de la muerta, que es mi novia.

VII

De la muerta de la muerta que yace
toda perfumada aquí,
con la muerte en los ojos,
y la vida en el cabello.

VIII

Así en el ataúd recio y largo
yo golpeo. El susurro enviado

por las grises cámaras a mi canción
será el acompañamiento.

IX

Tú bien moriste en el junio de tu vida,
pero no moriste demasiado bella
no moriste demasiado pronto,
no con demasiada calma en el aire.

X

Por eso, para ti esta noche
no elevaré un réquiem,
pero te llevaré en tu vuelo,
con un peán de antaño.

Poe, 1831.

THE HAPPIEST DAY

El día más feliz

El día más feliz, la hora más dichosa, los ha
conocido mi corazón agotado y marchito; pero
siento que ha desaparecido ya mi más alta esperanza
de orgullo y de poderío.

¿He dicho de poderío? Sí. Pero desde hace
largo tiempo, ¡ay de mí! se han desvanecido
los bellos ensueños de la juventud; han pasado
ya: dejémoslos que se desvanezcan!

Y tú, orgullo, ¿qué haré de ti ahora? Otra
frente puede bien heredar el veneno que me
has dado. Que por lo menos mi espíritu permanezca
tranquilo.

El día más hermoso, la hora más feliz que mis
ojos hayan visto y hayan podido ver jamás,
mi más brillante mirada de orgullo y de poderío,
todo eso ha existido pero ya no existe; yo
lo siento.

Y si esa esperanza de orgullo y de poderío

me fuera ofrecida ahora acompañada de un
dolor semejante al que experimento, no quisiera
revivir esa hora brillante.

Porque bajo su ala llevaba una oscura
mezcla y mientras volaba, dejaba caer una
esencia todopoderosa para consumir un alma que
tan bien la conocía.

Poe, 1827.

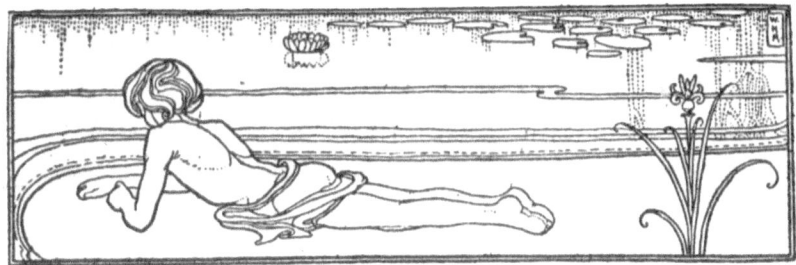

Solo

Desde el tiempo de mi niñez, no he sido
como otros eran, no he visto
como otros veían, no pude sacar
mis pasiones desde una común primavera.
De la misma fuente no he tomado
mi pena; no se despertaría
mi corazón a la alegría con el mismo tono;
y todo lo que quise, lo quise solo.
Entonces -en mi niñez- en el amanecer
de una muy tempestuosa vida, se sacó
desde cada profundidad de lo bueno y lo malo
el misterio que todavía me ata:
desde el torrente o la fuente,
desde el rojo peñasco de la montaña,
desde el sol que alrededor de mí giraba
en su otoño teñido de oro,
desde el rayo en el cielo
que pasaba junto a mí volando,
desde el trueno y la tormenta,
y la nube que tomó la forma
(cuando el resto del cielo era azul)
de un demonio ante mi vista.

Poe, 1829.

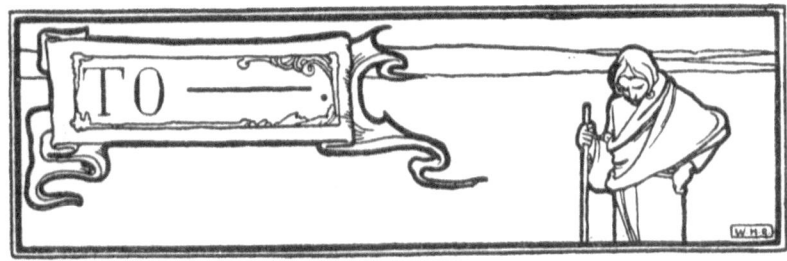

A...

Las enramadas donde veo
en sueños, las más variadas
aves cantoras, son labios y son
tus musicales palabras susurradas.

Tus ojos, entronizados en el cielo,
caen al fin desesperadamente
¡oh Dios!, en mi funérea mente
como luz de estrellas sobre un velo.

Oh, tu corazón... suspiro al despertar
y duermo para soñar hasta que raya el día
en la verdad que el oro jamás podrá comprar
y en las bagatelas que sí podría.

Poe, 1829.

Al río

¡Bello río! en tu clara y brillante onda de
cristal, agua vagabunda, eres un emblema del
esplendor de la belleza, un emblema del corazón
que no se esconde ahora, un emblema de
la alegre fantasía de arte en casa de la hija del
viejo Alberto.

Pero mientras ella mira en tu corriente,—que
resplandece y tiembla, ¿por qué el más
hermoso de todos ríos recuerda a uno de sus
adoradores? Es porque en su corazón como en
tu onda, su imagen está profundamente grabada;
en su corazón que tiembla bajo el brillo de
sus ojos que buscan el alma!

Poe, 1829.

Canción

Te vi en tu día nupcial, cuando un intenso
pudor invadía tu frente, aunque todo fuera
alegría alrededor de ti y que, delante tuyo, no
fuera el mundo sino Amor.

En la vivificante luz que brillaba en tus ojos,—haya
sido cual haya sido su esencia,—encontré
todo lo que mi mirada dolorosa pudo hallar
de encantador sobre la tierra.

Ese pudor no era, quizá, sino pudor virginal—pudo
muy bien pasar por tal,—aunque su esplendor
haya hecho nacer una llama más impetuosa
todavía en el seno de aquel que, ¡pobre de él!
te vio en tu día nupcial, cuando tu frente se
cubría de ese rubor invencible, a pesar de que
estuvieras rodeada de dicha y que el mundo
no fuera sino amor ante ti!

Poe, 1827.

Sueños

¡Ojalá mi joven vida fuera un sueño duradero!
Y mi espíritu durmiera hasta que el rayo certero
De una eternidad anunciara el nuevo día.
¡Sí! Aunque el largo sueño fuera de agonía
Siempre sería mejor que estar despierto
Para quien tuvo, desde el nacimiento
En el dulce tierra, el corazón
Prisionero del caos de la pasión.

Mas si ese sueño persistiera eternamente
Como los sueños infantiles en mi mente
Solían persistir, si eso ocurriera,
Sería ridículo esperar una quimera.
Porque he soñado que el sol resplandecía
En el cielo estival, lleno de luz bravía
Y de belleza, y mi corazón he paseado
Por climas remotos e inventados,
Junto a seres imaginarios, sólo previstos
Por mí... ¿qué más podría haber visto?.

Pero una vez, una única vez, y ya no olvidaré
Aquel bárbaro momento, un poder o no se qué
Hechizo me ciñó, o fue que el viento helado

Sopló de noche y al marchar dejó grabado
En mi espíritu su rastro, o fue la Luna
Que brilló en mis sueños con especial fortuna
Y frialdad, o las estrellas... en cualquier caso
El sueño fue como ese viento: démosle paso.

Yo he sido feliz, pues, aunque el sistema
Fuera un sueño. Fui feliz, y adoro el tema:
¡Sueños!. Tanto por su intenso colorido
Que oponen a lo real, y porque al ojo delirante
Ofrecen cosas más bellas y abundantes
Del paraíso y del amor, ¡y todas nuestras!
Que la esperanza joven en sus mejores muestras.

                    Poe, 1827.

El romance

¡Oh romance que gustas cantar, la frente
adormecida y las alas plegadas, entre las hojas
verdes agitadas a lo lejos sobre algún lago
umbrío, tú has sido para mí un papagayo de
vivos colores, un pájaro muy familiar; tú
me has enseñado a leer mi alfabeto, a balbucear
todas mis primeras palabras, mientras
que, niño de mirada sagaz, me hundía en huraños
bosques.

En estos últimos tiempos, el eterno Cóndor
de los tiempos ha estremecido de tal modo mi
cielo hasta en sus alturas, agrandando el tumulto
producido por el pasaje y la huida de
los años, y tengo tan obstinadamente los ojos
fijos en el inquietante horizonte, que no me
queda tiempo para mis dulces ocios.

Poe, 1829.

A la señorita *

¿Qué me importa si mi suerte terrestre no
encierra en mí mismo más que una pequeña
cosa de esta tierra? ¿qué me importa si años
de amor son olvidados en un momento de odio?

No lloro en forma alguna porque los desolados
sean más dichosos que yo, pequeña, sino
porque veo que os afligís por el destino de éste
que no es sino un transeúnte sobre la tierra...

Poe, 1829.

A la señorita **

Las umbrías bajo las cuales veo, en mis ensueños,
los más traviesos pájaros cantores, son
labios; y toda la melodía de tu voz no es hecha
sino por palabras creadas por tus labios.

De tus ojos, engastados en el santuario celeste
de tu corazón, caen las miradas desoladas
ahora, ¡oh Dios!, sobre mi espíritu fúnebre,
como la luz de una estrella sobre un sudario.

¡Tu corazón, tu corazón! Me despierto y
suspiro y vuelvo a dormirme para ensoñar
hasta el día de la verdad, que el oro,—capaz de
tantas locuras,—no podrá jamás comprar.

Poe, 1829.

Imitación

Una ola insondable de invencible orgullo,
un misterio y un sueño, tal debió parecer mi
primera edad. Yo añado que ese sueño estaba
atravesado por un pensamiento huraño, siempre
despierto, de seres que han existido, y que mi
espíritu no hubiera apercibido jamás si los
hubiera dejado pasar cerca de mi, bajo mi ensoñadora
pupila. Que ningún otro, acá abajo,
herede esta visión de mi espíritu, de esos pensamientos
que a cada instante quisiera dominar
y que se extienden como un hechizo sobre mi
alma. Porque, al fin, esa brillante esperanza
y ese tiempo liviano se han ido, y mi reposo
terrestre, me ha dejado, él también, con un
suspiro, al pasar. Entre tanto, no me preocupo
de que él perezca con un pensamiento que
entonces amaba....!

Poe, 1827.

Poemas

Traducidos por Carlos Arturo Torres
y Alberto Lasplaces

POEMS

THE BELLS

Las campanas

I

Por el aire se dilata
alegre campanilleo...
Son las campanas de plata
del trineo...
¡Oh, qué mundo de alegría expresa su melodía!
¡Qué retintín de cristal
en el ambiente glacial!
Mientras las luces astrales
que titilan en los cielos
se miran en los cristales
de los hielos,
y sube la nota única
como un ágil rima rúnica
que allá en la noche serena
va dilatando sus ecos por el último confín,
y la campanilla suena
dilín, dilín...

¡Melodiosa y cristalina
suena, suena,
suena, suena, suena, suena
la nota ágil y argentina
con metálico y alegre y límpido retintín!

II

¡Escuchad! Un dulce coro
puebla la atmósfera toda:
son las campanas de oro
de la boda.
¡Qué mundo de venturanza la plácida nota lanza
Su voz como una caricia
o como un suave reproche
desgrana en la calma noche
las perlas de su delicia.
Son las áureas notas una fuente de ledo murmullo
o el enamorado arrullo de la tórtola: la Luna
en la dormida laguna vierte miradas de plata,
y en el éter y en las linfas palpita la serenata...
¡Y cómo en el aire flota
la áurea nota!
¡Cómo brota,
cual dice la dicha ignota,
en el balsámico efluvio de noche primaveral!
¡Y cuán dulce y cuán sonoro,
—din dan, din dan—,
es el coro,
—din dan, din dan—,
de la campana de oro,
que en su lengua musical
celebrando está el misterio de la noche nupcial.

III

¡Turba el nocturno sosiego
súbita alarma, y entonces
a gran campana de bronce
toca a fuego!
¡Qué terrífica pavura la siniestra nota augura!
Es desesperado ruego
desgarrador y tenaz
al rojo elemento ciego
cada instante más frenético, cada instante más voraz!
En indescriptible pánico
el cataclismo volcánico
con raudo impulso titánico
avanza, la campanada alarido es de terror;
sigue el bronce, sigue el bronce con su clamoroso estruendo
diciendo
cuál crece el peligro horrendo,
cuál se inflama
la llama,
y la Luna como forma de sangriento tabernáculo,
alumbra el rojo espectáculo
en su fantástico horror.
Y el bronce alarmante clama,

clama, clama
como se extiende la injuria
del incendio y crece en furia,
y es ya locura el pavor...
Bajo cielos escarlatas se extiende inflamado manto,
el espanto
en tanto
crece, y sigue la campana de su rebato el clamor.
¡Y en ese rebato armígero,
—dan dan, dan dan—,
crece el estrago flamígero
—dan dan, dan dan—,
al són violento que dan
las campanas de la torre que tocando a fuego están!

IV

Dobla y dobla lentamente
negra campana de hierro
que invita con són doliente
al entierro.
¡Qué solemnes pensamientos despiertan esos acentos!
Del lento y triste sonido
cada toque, cada nota
en el vago viento flota
como doliente gemido,
y de la noche en la calma
el melancólico són,
siente estremecida el alma
cual solemne admonición.
¡Se desprenden esos dobles lúgubres y funerarios
de los altos campanarios
en fúnebre vibración;
en esos dobles alienta algún espíritu irónico
que a cada nota que zumba,
con agrio gesto sardónico
rueda implacable y derrumba
y oprime con todo el peso de la piedra de una tumba
el humano corazón!

¡Quienes tañen las campanas de los toques funerales
no son pobres campaneros, no son sencillos mortales,
son espectros sepulcrales!
¡Y es el Rey de los espectros quien toca con más tesón!
Pausado, implacable, lento
su toque a cada momento
resuena como un lamento
pregonando la hora única
en extraña rima rúnica,
y parece que sintiera intenso placer diabólico
en este toque simbólico
de muerte y desolación.
—Din dan, din don—,
—din dan, din don—,
dobla, dobla el són monótono, dobla el toque funeral,
y el Rey espectro su gozo
refina en este sollozo,
en este intenso suspiro
que en su giro
remeda el doble augural
que va recordando al hombre de su existencia el final.
El toque sigue y no cesa
y vibra en el alma opresa
sordamente como un cuerpo que cayera en una huesa...
—¡Din dan, din don—,
resuena en el corazón,
—din dan, din don—,
de la campana que dobla el lento y lúgubre son!

Poe, 1849.

ULALUME

Ulalume

I

Los cielos cenicientos y sombríos,
crespas las hojas, lívidas y mustias,
y era una noche del doliente octubre
del tiempo inmemorial entre las brumas,
era en las tristes márgenes del Auber,
el lago tenebroso de aguas mudas,
ante los bosques tétricos del Weir,
la región espectral de la pavura.

II

A solas con mi alma, recorría
avenida titánica y oscura
de fúnebres cipreses... con mi alma,
con Psiquis, alma que, al misterio turba...
Era la edad del corazón volcánico
como las llamas del Yanek sulfúreas,
como las lavas del Yanek que brotan
allá del polo en la región nocturna.

ASTARTE

III

Pocas palabras nos dijimos, era
como una confidencia íntima y muda;
palabras serias, pensamientos graves
que la memoria para siempre turban;
no recordamos que era el triste octubre,
que era la noche (¡noche infausta y única!)
no recordamos la región del Auber
que tanto conoció mi desventura,
ni el bosque fantasmático del Weir,
la región espectral de la pavura.

IV

Y cuando la noche ya avanza
de estrellas al vago tremer,
al fin de la oscura avenida
un lánguido rayo se ve,
fulgor diamantino que anuncia
de fúnebre velo al través,
que emerge de nube fantástica
la Luna, la blanca Astarté.

V

Y yo dije a mi alma: «Más que Diana
ardiente, aquella misteriosa Luna
rueda al través de un éter de suspiros;
lágrimas de su faz una por una
caen donde el gusano nunca muere.
Para mostrarnos la celeste ruta
y el alma imperio de la paz Letea
atrás dejó al león en las alturas,
del león las estrellas traspasando,
del león a despecho, ora nos busca
y sus miradas límpidas y dulces
son las miradas que el amor anuncian.»

VI

Mas Psiquis dijo señalando al Cielo:
«La palidez de ese astro me conturba;

pronto, huyamos de aquí, pronto, es preciso.»
Y de sus alas recogió las plumas
con intenso terror, y sollozando,
presa de pronto de invencible angustia
plegó las alas, hasta el polvo frío
lentas dejando descender las plumas.

VII

Y yo le dije: «Tu terror es vano,
sigamos esa luz trémula y pura,
que nos bañen sus rayos cristalinos,
sus rayos sibilinos que ya auguran
e irradian la belleza y la esperanza.
Mira: la senda de los cielos busca;
sigamos sin temor sus limpios rayos
que ellos a playa llevarán segura,
sigamos esa luz limpia y tranquila
a través de la bóveda cerúlea.

VIII

Tranquilicé a mi Psiquis, y besándola,
de su mente aparté las inquietudes
y sus zozobras disipé profundas,
y convencerla que siguiera pude.
Llegamos hasta el fin; ¡ojalá nunca
llegara! Al fin de la avenida lúgubre
nos detuvo la puerta de una tumba
(¡oh, triste noche del lejano octubre!)
nos detuvo la losa de una tumba,
de legendario monumento fúnebre.
¡Oh, hermana!—dije—¿Qué inscripción confusa

ULALUME.

en la sellada losa se descubre?
Respondiome: «Ulalume», esta es su tumba,
¡la tumba de tu pálida Ulalume!

IX

Quedó mi corazón como ese Cielo
ceniciento, como esas hojas mustias,
como esas hojas yertas y crispadas...
¡Ay! pensé: el mismo octubre fué, sin duda
fué en esa misma noche cuando vine
al través del horror y de la bruma
aquí trayendo mi doliente carga...
¡Oh, noche infausta, infausta cual ninguna!
¡Oh! ¿Qué infernal espíritu me trajo
a esta región fatal de la tristura?
Bien reconozco el mudo lago de Auber,
y esta comarca que el horror anubla,
y el bosque fantasmático de Weir,
la región espectral de la pavura!

Poe, 1847.

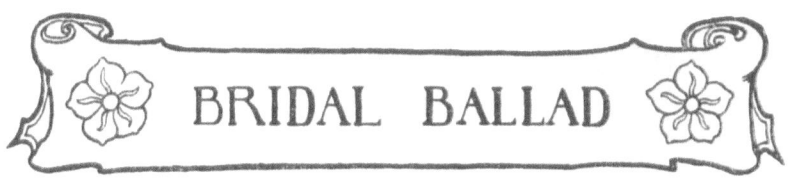

BRIDAL BALLAD

Balada nupcial

El anillo está en mi dedo y la corona sobre
mi frente; he aquí que poseo rasos y joyas en
abundancia, y en el presente instante soy feliz.

Y mi Señor me ama bien; pero la primera vez
que pronunció su voto sentí estremecerse mi
pecho, porque sus palabras sonaron como un
toque de agonía y su voz se parecía a la de aquel
que cayó durante la batalla en el fondo del valle,
y que es dichoso ahora.

Pero habló de modo de tranquilizarme y
besó mi frente pálida. Entonces un delirio vino
y me transportó en espíritu al cementerio. Y
pensando que mi Señor era el difunto Elormie,
suspiré por él que estaba delante de mi: ¡oh
yo soy dichosa ahora!

Así fueron pronunciadas las palabras, y así
fué empeñado el juramento. Y aunque mi fe
se haya apagado, y aunque mi corazón llegue
a quebrarse, he ahí la dorada prenda que prueba
que soy dichosa siempre.

¡Quiera Dios que pueda despertar! Porque
sueño no sé cómo. Y mi alma se agita dolorosamente
en el temor de haber hecho mal, en
el temor de llegar a saber que el muerto abandonado
no es feliz ahora.

Poe, 1845.

Leonora

¡El vaso se hizo trizas! Desapareció su esencia
¡Se fue; se fue! ¡Se fue; se fue!
Doblad, doblad campanas, con ecos plañideros,
Que un alma inmaculada de Estigia en los linderos
Flotar se ve.

Y tú, Guy de Vere, ¿qué hiciste de tus lágrimas ?
¡Ah, déjalas correr!
Mira, el angosto féretro encierra a tu Leonora;
Oye los cantos fúnebres que entona el fraile; ahora

Ven a su lado, ven.
Antífonas salmodien a la que un noble cetro
Fue digna de regir;
Un ronco De Profundis a la que yace inerte,
Que con morir
Indignos, los que amábais en ella solamente
Las formas de mujer,
Pues su altivez nativa os imponía tanto,
Dejasteis que muriera, cuando el fatal quebranto
Posó sobre su sien.

LENORE

¿Quién abre los rituales? ¿Quién va a cantar el Réquiem?
Quiero saberlo, ¿quien?
¿Vosotros miserables de lengua ponzoñosa
Y ojos de basilisco? ¡Mataron a la hermosa,
Que tan hermosa fue!

¿Peccavimus cantasteis? Cantasteis en mala hora
El Sabbath entonad;
Que su solemne acento suba al excelso trono
Como un sollozo amargo que no suscite encono
En la que duerme en paz.

Ella, la hermosa, la gentil Leonora,
Emprendió el vuelo en su primer aurora;
Ella, tu novia, en soledad profunda
¡Huérfano te dejó!

Ella, la gracia misma ora reposa
En rígida quietud; en sus cabellos
Hay vida aún; mas en sus ojos bellos
¡No hay vida, no, no, no!

¡Atrás! Mi corazón late de prisa
Y en alegre compás. ¡Atrás! No quiero
cantar el De Profundis majadero,
Porque es inútil ya.

Tenderé el vuelo y al celeste espacio
me lanzaré en su noble compañía.
¡Voy contigo, alma mía, sí, alma mía¡
Y un peán te cantaré!

¡Silencio las campanas! Sus ecos plañideros
Acaso lo hagan mal.

No turben con sus voces la beatitud de un alma
Que vaga sobre el mundo con misteriosa calma
y en plena libertad.

Respeto para el alma que los terrenos lazos
Triunfante desató;
Que ahora luminosa flotando en el abismo
Ve amigos y contrarios; que del infierno mismo
al cielo se lanzó.

Si el vaso se hizo trizas, su eterna esencia libre
¡Se va, se va!
¡callad, callad campanas de acentos plañideros,
que su alma inmaculada del cielo en los linderos
Tocando está!

Poe, 1843.

Estrellas fijas (A Helen)

I

Te vi un punto;
era una noche de julio, noche tibia y perfumada,
noche diáfana,
de la Luna plena y límpida,
límpida como tu alma,
descendían
sobre el parque adormecido gráciles velos de plata;
ni una ráfaga
el infinito silencio

y la quietud perturbaban;
en el parque
evaporaban las rosas los perfumes de sus almas,
para que los recogieras
en aquella noche mágica;
para que tú lo aspiraras su último aliento exhalaban,
como en una muerte extática;
y era una selva encantada,
y era una noche de ensueños y claridades fantásticas!

II

¡Toda de blanco vestida,
toda blanca
sobre un banco de violetas
reclinada
te veía,
y a las rosas moribundas y a ti una luz tenue y diáfana
alumbraba
luz de perla diluida
en un éter de suspiros y de evaporadas lágrimas!

III

¿Qué hado extraño
(¿fué ventura, fué desgracia?)
me condujo
aquella noche hasta el parque de las rosas que exhalaban
los suspiros perfumados
de su alma?
Ni una hoja
susurraba;
no se oía
una pisada,
todo mudo,
todo en calma,
todo en sueño
menos tú y yo (¡cuál me agito al unir las dos palabras!)
menos tú y yo. De repente
todo cambia.
De la Luna la luz límpida, la luz de perla se apaga,
el perfume de las rosas muere en las dormidas auras,
los senderos se oscurecen
expiran las violas castas,

menos tú y yo, todo huye, todo muere, todo pasa...
¡Todo se apaga y se extingue menos tus hondas miradas,
tus dos ojos donde arde
tu alma!
Y sólo veo entre sombras aquellos ojos...
¡Oh, amada!
¡Qué tristezas extrahumanas,
qué irreales
leyendas de amor relatan!
¡Qué misteriosos dolores,
qué sublimes esperanzas,
qué mudas renunciaciones
expresan aquellos ojos que en las sombras fijan en mí sus
miradas!

IV

¡Noche oscura,
ya Diana
entre turbios nubarrones hundió la faz plateada;
y tú sola
en medio de la avenida
funeraria,
te deslizas
ideal, mística y blanca,
te deslizas y te alejas incorpórea cual fantasma;
sólo flotan tus miradas,
sólo tus ojos perennes,
tus ojos de hondas miradas
fijos quedan!
A través de los espacios y los tiempos marcan, marcan
mi sendero, y no me dejan cual me dejó la esperanza.
¡Van siguiéndome,
siguiéndome

como dos estrellas cándidas,
cual fijas estrellas dobles en el Cielo apareadas!
En la noche
solitaria
purifican con sus rayos y mi corazón abrasan
y me prosterno ante ellos con adoración extática;
y en el día
no se ocultan cual se ocultó mi esperanza;
por todas partes me siguen mirándome fijamente
en mi espíritu clavadas...
¡Misteriosas y lejanas
me persiguen tus miradas
como dos estrellas fijas, como dos estrellas tristes,
como dos estrellas blancas!

Poe, 1848.

Annabel Lee

Hace ya bastantes años, en un reino más
allá de la mar vivía una niña que podéis conocer
con el nombre de Annabel Lee. Esa niña
vivía sin ningún otro pensamiento que
amarme y ser amada por mí.

Yo era un niño y ella era una niña en ese
reino más allá de la mar; pero Annabel Lee
y yo nos amábamos con un amor que era más
que el amor; un amor tan poderoso que los
serafines del cielo nos envidiaban, a ella y a mí.

Y esa fué la razón por la cual, hace ya bastante
tiempo, en ese reino más allá de la mar
un soplo descendió de una nube, y heló a mi
bella Annabel Lee; de suerte que sus padres
vinieron y se la llevaron lejos de mí para encerrarla
en un sepulcro, en ese reino más allá de
la mar.

Los ángeles que en el cielo no se sentían ni
la mitad de lo felices que éramos nosotros, nos
envidiaban nuestra alegría a ella y a mí. He ahí
porque (como cada uno lo sabe en ese reino
más allá de la mar) un soplo descendió desde
la noche de una nube, helando a mi Annabel
Lee.

Pero nuestro amor era más fuerte que el
amor de aquellos que nos aventajan en edad
y en saber, y ni los ángeles del cielo ni los demonios
de los abismos de la mar podrán separar
jamás mi alma del alma de la bella Annabel
Lee.

Porque la luna jamás resplandece sin traerme
recuerdos de la bella Annabel Lee; y cuando
las estrellas se levantan, creo ver brillar los
ojos de la bella Annabel Lee; y así paso largas
noches tendido al lado de mi querida,—mi
querida, mi vida y mi compañera,—que
está acostada en su sepulcro más allá de la mar,
en su tumba, al borde de la mar quejumbrosa.

Poe, 1849.

FOR ANNIE

Para Annie

¡Gracias a Dios! la crisis, el mal ha pasado y
la lánguida enfermedad ha desaparecido por
fin, y la fiebre llamada «vivir» está vencida.

Tristemente, sé que estoy desposeído de mi
fuerza, y no muevo un músculo mientras estoy
tendido, todo a lo largo. Pero, ¿qué importa?
Siento que voy mejor paulatinamente.

Y reposo tan tranquilamente, en el presente,
en mi lecho, que a contemplarme se me
creería muerto, y podría estremecer al que me
viera, creyéndome muerto.

Las lamentaciones y los gemidos, los suspiros
y las lágrimas son apaciguadas entre tanto
por esta horrible palpitación de mi corazón;
¡ah, esta horrible palpitación!

La incomodidad,—el disgusto—el cruel sufrimiento—han
cesado con la fiebre que enloquecía
mi cerebro, con la fiebre llamada «vivir»
que consumía mi cerebro.

Y de todos los tormentos, aquel que más
tortura ha cesado: el terrible tormento de la
sed por la corriente oscura de una pasión maldita.
He bebido de un agua que apaga toda
sed.

He bebido de un agua que corre con sonido
arrullador, de una fuente subterránea pero
poco profunda, de una caverna que no está
muy lejos, bajo tierra.

¡Ah! que no sea dicho jamás: mi cuarto
está oscuro, mi lecho es estrecho; porque
jamás ningún hombre durmió en lecho igual—y
para dormir verdaderamente, es en un
lecho como éste en el que hay que acostarse.

Mi alma tantalizada reposa dulcemente aquí,
olvidando, sin recordarlas jamás, sus rosas, sus
antiguas ansias de mirtos y de rosas.

Pues ahora, mientras reposa tan tranquilamente,
imagina a su alrededor, una más santa
fragancia de pensamientos, una fragancia de
romero mezclado a pensamientos, a sabor callejero
y al de los bellos y rígidos pensamientos.

Y así yace ella, dichosamente sumergida
en recuerdos perennes de la constancia y de la
belleza de Annie, anegada en un beso a las trenzas
de Annie.

Tiernamente me abraza, apasionadamente
me acaricia. Y entonces caigo dulcemente
adormecido sobre su seno, profundamente adormido
del cielo de su seno.

Y así reposo tan tranquilamente en mi lecho—conociendo
su amor—que me creéis muerto.
Y así reposo, tan serenamente en mi lecho,—con
su amor en mi corazón,—que me creéis
muerto, que os estremecéis al verme, creyéndome
muerto.

Pero mi corazón es más brillante que todas
las estrellas del cielo, porque brilla para Annie,
abrasado por la luz del amor de mi Annie, por
el recuerdo de los bellos ojos luminosos de mi
Annie....

Poe, 1849.

La ciudad en el mar

¡Ved! La Muerte se ha erigido un trono,
en una extraña ciudad que se levanta, solitaria,
muy lejos, en el sombrío occidente, donde
los buenos y los malos, los peores y los mejores
han ido hacia la paz eterna. Allí los templos,
los palacios y las torres—torres carcomidas
por el tiempo, y que no tiemblan nunca,—no
se parecen en nada a las nuestras. A su alrededor,
olvidadas por los vientos que no las agitan
jamás resignadas bajo los cielos, reposan las
aguas melancólicas.

Desde el cielo sagrado, ningún rayo desciende
en la negra noche de esa ciudad; pero un resplandor
reflejado por la lívida mar, invade las
torres, brilla silenciosamente sobre las almenas,
a lo hondo y a lo largo, sobre las cúpulas, sobre
las cimas, sobre los palacios reales, sobre los
templos, sobre las murallas babilónicas, sobre
la soledad sombría y desde largo tiempo abandonada,
de los macizos de hiedra esculpida y
de flores de piedra—sobre tanto y tanto templo
maravilloso en cuyos frisos contorneados se
entrelazan claveles, violetas y viñas.
Bajo el cielo, resignadas, reposan las aguas
melancólicas. Las torres y las sombras se confunden
de tal modo que todo parece suspendido
en el aire, mientras que desde una torre
orgullosa, la Muerte como un espectro gigante,
contempla la ciudad que yace a sus pies.

Allá los templos abiertos y las tumbas sin losa
bostezan al nivel de las aguas luminosas; pero
ni las riquezas que se muestran en los ojos
adiamantados de cada ídolo, ni los cadáveres
con sus rientes adornos de joyas, quitan a las
aguas de su lecho; ninguna ondulación arruga,
¡ay de mí! todo ese vasto desierto de cristal;
ninguna ola indica que los vientos puedan
existir sobre otros mares lejanos y más felices;
ninguna ola, ninguna ola deja suponer que han
existido vientos sobre mares menos horrorosamente
serenos.

Pero, he ahí que un estremecimiento agita
el aire. Una onda, un movimiento se ha producido,
allá abajo. Se diría que las torres se han
bamboleado y se hunden, dulcemente, en la
onda taciturna, como si las cimas hubieran
producido un ligero vacío en el cielo brumoso.
Entonces las ondas tienen una luz más roja,
las horas transcurren sordas y lánguidas. Y
cuando en medio de gemidos que no tengan
nada de terrestres, esta ciudad sea engullida
por fin y profundamente fijada bajo la mar,
todavía, levantándose sobre sus mil tronos, el
Infierno le rendirá homenaje.

Poe, 1845.

El gusano vencedor

¡Ved!; es noche de gala en estos últimos
años solitarios. Una multitud de ángeles alados,
adornados con velos y anegados en lágrimas,
se halla reunida en un teatro para contemplar
un drama de esperanzas y de temores mientras
la orquesta suspira por intervalos la música de
las esferas.

Actores creados a la imagen del Altísimo,
murmuran en voz baja y saltan de un lado al
otro; pobres fantoches que van y vienen a órdenes
de vastas creaturas informes que cambian
la decoración a su capricho, sacudiendo con sus
alas de cóndor a la invisible desgracia.

Este drama abigarrado—estad seguro que
no será olvidado,—con su fantasma perseguido
siempre por una muchedumbre que no puede

WITH ITS PHANTOM CHASED FOR EVERMORE
BY A CROWD THAT SEIZE IT NOT

atraparlo, en un círculo que gira siempre sobre
sí mismo y vuelve sin cesar al mismo punto;
ese drama en el cual forman el alma de la intriga
mucha locura y todavía más pecado y horror!....

Pero ved, a través de la bulla de los actores
como una forma rampante hace su entrada!
Una cosa roja, color sanguinolento viene retorciéndose
de la parte solitaria de la escena.
¡Cómo se retuerce! Con mortales angustias
los actores constituyen su presa, y los ángeles
sollozan viendo esas mandibulas de gusano
teñirse en sangre humana.

Todas las luces se apagan, todas, todas.
Sobre cada forma todavía tiritante, el telón,
como un paño mortuorio, desciende con un ruido
de tempestad. Y los ángeles, todos pálidos
y macilentos se levantan y cubriéndose afirman
que ese drama es una tragedia que se
llama «El Hombre» de la cual el héroe es el
Gusano Vencedor....!

Poe, 1838.

La Durmiente

En el mes de Junio, a media noche me encuentro
bajo la mística luna. Un oscuro vapor de
opio y de rocío se exhala de su halo de oro, y
dulcemente, filtrando por la cumbre tranquila
de la montaña, resbala perezosa y armoniosamente
por el valle universal. El romero se
adormece sobre la tumba, el lis se inclina hacia
la onda. Envolviéndose en la bruma se
hunde en el reposo. Ved, como parecido al
Leteo, el lago parece adormecerse a sabiendas
y por nada del mundo quisiera despertar.
Toda belleza duerme. Y ved donde reposa—su
ventana abierta a los cielos,—Irene, con sus
destinos.

¡Oh brillante princesa! ¿por qué dejar esa
ventana abierta a la noche? Los espíritus juguetones,
desde lo alto de los árboles se filtran
a través de la persiana. Los seres incorpóreos,
turba de magos, revolotean a través de la cámara
y hacen flotar las cortinas del dosel, tan
fantásticamente, tan tímidamente, por encima
de tu párpado cerrado y franjeado,—bajo el cual
se esconde tu alma adormecida—que sobre

el piso, al pie del muro, sus sombras se levantan
y descienden como una ronda de fantasmas.

Querida niña, ¿no tienes miedo? ¿Por qué,
y con qué sueñas? Has venido, ciertamente, de
mares muy lejanos; ¿no eres una maravilla para
los árboles de ese jardín? Extraña es tu palidez,
extraño tu vestido, extraña sobre todo, la
longitud de tus cabellos, y todo este silencio
solemne.

¡Ella duerme! ¡Oh! puede que su sueño sea
tan profundo como durable!; ¡que el cielo la
tenga en su santa guardia! ¡Que esta cámara
sea transformada en una más melancólica y yo
rogaré a Dios que la deje dormir para siempre,

los ojos cerrados, mientras que a su alrededor
errarán los fantasmas de oscuros velos!

Mi amor: ¡ella duerme! ¡Que su sueño eterno
pueda ser profundo! ¡Que los gusanos se deslicen
dulcemente a su alrededor! ¡Que en el fondo
del bosque viejo y sombrío, alguna gran
tumba pueda abrirse para ella, alguna gran
tumba que haya cerrado otras veces como alas
sus negros «panneaux» triunfantes, por encima
de los estandartes funerarios bordados con
las armas de su ilustre familia;—alguna tumba
lejana y aislada contra la portada de la cual
ella haya en su infancia lanzado tantas piedras
ociosas;—algún sepulcro cuya puerta sonora
no le devuelva jamás nuevos ecos, a ella, pobre
hija del pecado, que en otro tiempo se estremecía
al pensamiento de que fueran los muertos
quienes le respondiesen gimiendo!

Poe, 1845.

THE COLISEUM

El Coliseo

¡Símbolo de la Roma antigua! ¡Suntuoso relicario
de sublimes contemplaciones legadas al
tiempo por difuntos siglos de pompa y de poderío!!
Al fin, después de tantos días de fatigante
peregrinaje y de ardiente sed,—sed de corrientes
de la ciencia que yace en ti,—yo, hombre
transformado, me arrodillo humildemente entre
tus sombras y bebo del fondo mismo de mi
alma tu grandeza, tu tristeza y tu gloria.

¡Inmensidad, y edad, y recuerdos de antes!
Silencio y desolación y profunda noche! Os
percibo ahora y os siento en toda vuestra fuerza.
¡Oh sortilegios más eficaces que aquellos que
el rey de Judea enseñó en los jardines de Gethsemaní!
¡Oh encantos más poderosos que los
que la Caldea encantada arrancó jamás a las
tranquilas estrellas!

Aquí, en donde cayó un héroe, cae una columna!
Aquí, en donde el águila teatral brillaba,
cubierta de oro, el oscuro murciélago
hace su aquelarre de media noche. Aquí, en
donde la cabellera dorada de las damas romanas
flotaba al viento, se balancean ahora el

cardo y la caña. Aquí, en donde el monarca
se inclinaba sobre su trono de oro, el ágil y
silencioso lagarto se desliza como un espectro
hacia su casa de mármol, al pálido resplandor
del creciente lunar.

Pero, oíd. Esos muros, esas arcadas revestidas
de hiedra, esos zócalos musgosos, esas columnas
ennegrecidas, esos vagos relieves, esos
frisos ruinosos, esas cornisas rotas, ese naufragio,
esa ruina, esas piedras grises, ¡ay! ¿es
esto todo lo que queda de famoso y de colosal?
¿es esto todo lo que las horas corrosivas han
perdonado, todo lo que ellos nos han dejado al
Destino y a mí?

«No. No es todo,—me responden los ecos,—no
es todo. Voces fuertes y proféticas se levantan
para siempre en nosotros y en toda ruina
a la intención de los sabios, parecidas a los
himnos de Memnon al Sol! Reinamos en los
corazones de los hombres más poderosos; reinamos
con despótico imperio sobre todas las
almas gigantes. No somos impotentes nosotras,
pálidas piedras. Todo nuestro poderío
no ha desaparecido,—ni toda nuestra gloria,—ni
todo el prestigio de nuestro alto renombre,
ni todo lo maravilloso que nos circunda, ni
todos los misterios que moran en nosotros,—ni
todos los recuerdos que se prenden en nuestros
flancos como un vestido, envolviéndonos
con un manto que es más que la gloria!

Poe, 1833.

Dreamland

I

En una senda abandonada y triste
que recorren tan sólo ángeles malos,
una extraña Deidad la negra Noche
ha erigido su trono solitario;
allí llegué una vez; crucé atrevido
de Thule ignota los contornos vagos
y al Reino entré que extiende sus confines
fuera del Tiempo y fuera del Espacio.

II

Valles sin lindes, mares sin riberas,
cavernas, bosques densos y titánicos,
montañas que a los cielos desafían
y hunden la base en insondables lagos,
en lagos insondables siempre mudos
de misteriosos bordes escarpados,
gélidos lagos, cuyas muertas aguas
un Cielo copian tétrico y extraño.

III

Orillas de esos lagos que reflejan
siempre un Cielo fatídico y huraño
cerca de aquellos bosques gigantescos,
enfrente de esos negros océanos,
al pie de aquellos montes formidables,
de esas cavernas en los hondos antros,
vense a veces fantasmas silenciosos
que pasan a lo lejos sollozando,
fúnebres y dolientes... ¡son aquellos
amigos que por siempre nos dejaron,
caros amigos para siempre idos,
fuera del Tiempo y fuera del Espacio!

IV

Para el alma nutrida de pesares,
para el transido corazón, acaso
es el asilo de la paz suprema,
del reposo y la calma en Eldorado.
Pero el viajero que azorado cruza
la región no contempla sin espantos
que a los mortales ojos sus misterios
perennemente seguirán sellados,
así lo quiere la Deidad sombría
que tiene allí su imperio incontrastado.

V

Por esa senda desolada y triste
que recorren tan sólo ángeles malos,
senda fatal donde la Diosa Noche

WHERE AN ON A BLACK EIDOLON THRONE
NAMED NIGHT REIGNS UPRIGHT

ha erigido su trono solitario,
donde la inexplorada, última Thule
esfuma en sombras sus contornos vagos,
con el alma abrumada de pesares,
transido el corazón, he paseado...
¡He paseado en pos de los que huyeron
fuera del Tiempo y fuera del Espacio!

Poe, 1844.

Eulalia

Vivía sólo en un mundo de lamentaciones y
mi alma era una onda estancada, hasta que
la bella y dulce Eulalia llegó a ser mi pudorosa
compañera, hasta que la joven Eulalia, la de
los cabellos de oro, llegó a ser mi sonriente
compañera.

¡Ah! las estrellas de la noche brillan bastante
menos que los ojos de esa radiante niña!
Y jamás girón de vapor emergido en un irisado
claro de luna, podrá compararse al bucle más
descuidado de la modesta Eulalia, podrá
compararse al bucle más humilde y más descuidado
de Eulalia, la de los brillantes ojos!

La duda y la pena no me invaden jamás,
ahora, porque su alma me entrega suspiro por
suspiro. Y durante todo el día, Astarté resplandece
brillante y fuerte en el cielo, en tanto que
siempre hacia ella, mi querida Eulalia, levanta
sus ojos de esposa, en tanto que siempre hacia
ella mi joven Eulalia eleva sus bellos ojos violetas!...

Poe, 1845.

A mi madre

Porque siento que allá arriba, en el cielo, los ángeles que se hablan dulcemente al oído, no pueden encontrar entre sus radiantes palabras de amor una expresión más ferviente que la de «madre», he ahí por qué, desde hace largo tiempo os llamo con ese nombre querido, a ti que eres para mí más que una madre y que llenáis el santuario de mi corazón en el que la muerte os ha instalado, al libertar el alma de mi Virginia. Mi madre, mi propia madre, que murió en buena hora, no era sino mi madre. Pero vos fuisteis la madre de aquella que quise tan tiernamente, y por eso mismo me sois más querida que la madre que conocí, más querida que todo, lo mismo que mi mujer era más amada por mi alma que lo que esta misma amaba su propia vida.

Poe, 1849.

El Dorado

Brillantemente ataviado, un galante caballero,
viajó largo tiempo al sol y a la sombra,
cantando su canción, a la busca del El Dorado.

Pero llegó a viejo, el animoso caballero, y
sobre su corazón cayó la noche porque en ninguna
parte encontró la tierra del El Dorado.

Y al fin, cuando le faltaron las fuerzas, pudo
hallar una sombra peregrina.—Sombra,—le
preguntó—¿dónde podría estar esa tierra del
El Dorado?

—«Más allá de las montañas de la Luna, en
el fondo del valle de las sombras; cabalgad,
cabalgad sin descanso—respondió la sombra,—si
buscáis el El Dorado....».

Poe, 1849.

IN SEARCH OF ELDORADO

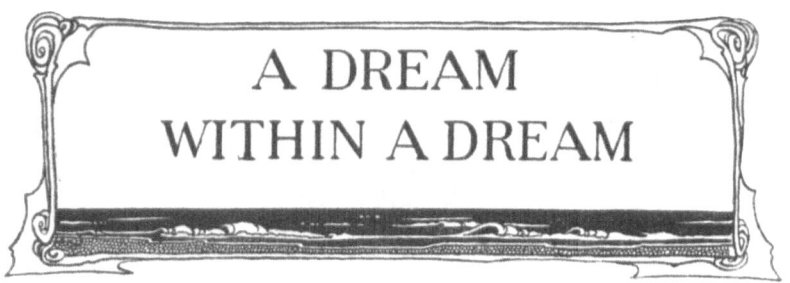

A DREAM WITHIN A DREAM

Un ensueño en un ensueño

Recibid este beso en la frente. Y ahora que
os dejo, permitidme por lo menos confesar esto:
no os agraviéis, vos que estimáis que mis días
han sido un ensueño. Entretanto, si la esperanza
se ha ido, en una noche o en un día,
en una visión o en un sueño, ¿se ha ido menos
por eso? Todo lo que vemos o nos parece, no
es sino un ensueño en un ensueño!

Me encuentro en medio de los bramidos de
una costa atormentada por la resaca, y tengo
en la mano granos de arena de oro. ¡Cuán
poco es! ¡Y cómo se deslizan a través de mis
dedos hacia el abismo, mientras lloro, mientras
lloro! ¡Dios mío, ¿no puedo retenerlos en un
nudo más seguro? ¡Dios mío!, ¿no podré
salvar uno solo del cruel vacío? ¿Todo lo que
vemos o nos parece no es otra cosa que un
ensueño en un ensueño?

Poe, 1849.

ISRAFEL

Israfel

En el Cielo mora un espíritu,
cuyas cuerdas del corazón son un laúd;
ninguno canta mejor, ni con tal frenesí
como el ángel Israfel,
y las estrellas vertiginosas,
así lo afirma la leyenda,
deteniendo sus himnos,
escuchan el encantamiento de su voz,
todas en silencio.
Dudando en lo alto de su meridiano,
la luna apasionada se sonroja de amor,
mientras, para oírle, el mismo rayo
(y con él las veloces Pléyades)
se detienen en el cielo.
Y dicen que el fervor de Israfel
se debe al sortilegio de su lira,
al trémulo alambre vivo de sus cuerdas;
donde los pensamientos profundos son un deber,
donde el Amor es un Dios ya anciano,
donde los ojos de las huríes
brillan con la adorada belleza de los astros.
Tienes razón, Israfel,
en despreciar todo canto que no sea apasionado.

¡A ti los laureles, bardo el mejor
y el más sabio!
¡Larga y gozosa vida para ti!
Los altos éxtasis caen con las ardientes notas,
con tu dolor, tu alegría, tu odio, tu amor,
el fervor de tu laúd.
¿Qué hay de extraño en que las estrellas
eternas permanezcan mudas?
Sí, tuyo es el Cielo,
pero este es un mundo de dulce amargura,
nuestras flores son sólo flores,
y la sombra de tu inmensa beatitud
es la luz de nuestro sol.
Si yo pudiese habitar en el reino de Israfel,
y él en donde yo habito,
no podría el ángel cantar una melodía terrenal,
mientras yo, en cambio, podría lanzar al firmamento
un nota más plena que esta triste canción
que brota de mi lira.

                    Poe, 1849.

The VALLEY of UNREST

El valle de la inquietud

Hubo aquí un valle antaño, callado y sonriente,
donde nadie habitaba:
partiéronse las gentes a la guerra,
dejando a los luceros, de ojos dulces,
que velaran, de noche, desde azuladas torres,
las flores, y en el centro del valle, cada día,
la roja luz del sol se posaba, indolente.
Mas ya quien lo visite advertiría
la inquietud de ese valle melancólico.
No hay en él nada quieto,
sino el aire, que ampara
aquella soledad de maravilla.
¡Ah! Ningún viento mece aquellos árboles,
que palpitan al modo de los helados mares
en torno de las Hébridas brumosas.
¡Ah! Ningún viento arrastra aquellas nubes,
que crujen levemente por el cielo intranquilo,
turbadas desde el alba hasta la noche,
sobre las violetas que allí yacen,
como ojos humanos de mil suertes,

sobre ondulantes lirios,
que lloran en las tumbas ignoradas.
Ondulan, y de sus fragantes cimas
cae eterno rocío, gota a gota.
Lloran, y por sus tallos delicados,
como aljófar, van lágrimas perennes.

Poe, 1831.

EL CUERVO

El cuervo

Traducidos por J. Pérez Bonaldo

El cuervo

Una fosca media noche, cuando en tristes reflexiones,
meditaba sobre varios libros de sabiduría antigua,
inclinaba soñoliento la cabeza, cuando derepente
a mi puerta oí llamar:
como si alguien, suavemente, se pusiese con incierta
mano tímida a tocar:
«Es—me dije—una visita que llamando está a mi puerta:
eso es todo, ¡y nada más!»

¡Ah! Bien claro lo recuerdo: era el crudo mes del hielo,
y su espectro cada brasa moribunda enviaba al suelo.
Cuán ansioso el nuevo día deseaba, en la lectura
procurando en vano hallar
tregua a la honda desventura de la muerte de Leonora,
la radiante, la sin par
virgen pura a quien Leonora las querubes llaman hora
ya sin nombre... ¡nunca más!

Y el crujido triste, incierto, de las rojas colgaduras
me aterraba, me llenaba de fantásticas pavuras,
de tal modo, que el latido de mi pecho palpitante
procurando dominar,
«es, sin duda, un visitante—repetía con instancia—
que a mi alcoba quiere entrar;
un tardío visitante a las puertas de mi estancia...
eso es todo, ¡y nada más!»

Paso a paso, fuerza y bríos
fué mi espíritu cobrando:
«Caballero—dije—o dama:
mil perdones os demando;
mas, el caso es que dormía,
y con tanta gentileza
me vinisteis a llamar,
y con tal delicadeza
y tan tímida constancia
os pusisteis a tocar
que no oí»—dije—y las puertas
abrí al punto de mi estancia;
¡sombras sólo y...
nada más!

Mudo, trémulo, en la sombra por mirar haciendo empeños,
quedé allí, cual antes nadie los soñó, forjando sueños;
más profundo era el silencio, y la calma no acusaba
ruido alguno... Resonar
sólo un nombre se escuchaba que en voz baja a aquella hora
yo me puse a murmurar,
y que el eco repetía como un soplo: ¡Leonora!...
esto apenas, ¡nada más!

A mi alcoba retornando con el alma en turbulencia
pronto oí llamar de nuevo—esta vez con más violencia,

«De seguro—dije—es algo que se posa en mi persiana;
pues, veamos de encontrar
la razón abierta y llana de este caso raro y serio
y el enigma averiguar.
¡Corazón! Calma un instante y aclaremos el misterio...
—Es el viento—y nada más!»

La ventana abrí—y con rítmico aleteo y garbo extraño
entró un cuervo majestuoso de la sacra edad de antaño.
Sin pararse ni un instante ni señales dar de susto,
con aspecto señorial,
fué a posarse sobre un busto de Minerva que ornamenta
de mi puerta el cabezal;
sobre el busto que de Palas la figura representa,
fué y posose—¡y nada más!

Trocó entonces el negro pájaro en sonrisas mi tristeza
con su grave, torva y seria decorosa gentileza;
y le dije: «Aunque la cresta calva llevas, de seguro
no eres cuervo nocturnal,
viejo, infausto cuervo oscuro, vagabundo en la tiniebla...
Dime:—«¿Cuál tu nombre, cuál
en el reino plutoniano de la noche y de la niebla?...»
Dijo el cuervo: «¡Nunca más!»

Asombrado quedé oyendo así hablar al avechucho,
si bien su árida respuesta no expresaba poco o mucho;
pues preciso es convengamos en que nunca hubo criatura
que lograse contemplar
ave alguna en la moldura de su puerta encaramada,
ave o bruto reposar
sobre efigie en la cornisa de su puerta, cincelada,
con tal nombre: «¡Nunca más!»

Mas el cuervo, fijo, inmóvil, en la grave efigie aquella,

sólo dijo esa palabra, cual si su alma fuese en ella
vinculada—ni una pluma sacudía, ni un acento
se le oía pronunciar...
Dije entonces al momento: «Ya otros antes se han marchado,
y la aurora al despuntar,
él también se irá volando cual mis sueños han volado.»
Dijo el cuervo:»¡Nunca más!»

Por respuesta tan abrupta como justa sorprendido,
«no hay ya duda alguna—dije—lo que dice es aprendido;
aprendido de algún amo desdichoso a quien la suerte
persiguiera sin cesar,
persiguiera hasta la muerte, hasta el punto de, en su duelo,
sus canciones terminar,
y el clamor de la esperanza con el triste ritornelo
de jamás, ¡y nunca más!»

Mas el cuervo, provocando mi alma triste a la sonrisa
mi sillón rodé hasta el frente al ave, al busto, a la cornisa;
luego, hundiéndome en la seda, fantasía y fantasía
dime entonces a juntar,
por saber qué pretendía aquel pájaro ominoso
de un pasado inmemorial,
aquel hosco, torvo, infausto, cuervo lúgubre y odioso
al graznar: «¡Nunca jamás!»

Quedé aquesto, investigando frente al cuervo en honda
calma,
cuyos ojos encendidos me abrasaban pecho y alma.
Esto y más—sobre cojines reclinado—con anhelo
me empeñaba en descifrar,
sobre el rojo terciopelo do imprimía viva huella
luminoso mi fanal—
terciopelo cuya púrpura ¡ay! jamás volverá ella

a oprimir—¡Ah! ¡Nunca más!

Pareciome el aire entonces,
por incógnito incensario
que un querube columpiase
de mi alcoba en el santuario,
perfumado—«Miserable sér—me dije—Dios te ha oído
y por medio angelical,
tregua, tregua y el olvido del recuerdo de Leonora
te ha venido hoy a brindar:
¡bebe! bebe ese nepente, y así todo olvida ahora.
Dijo el cuervo: «¡Nunca más!»

«Eh, profeta—dije—o duende,
mas profeta al fin, ya seas
ave o diablo—ya te envíe
la tormenta, ya te veas
por los ábregos barrido a esta playa,
desolado
pero intrépido a este hogar
por los males devastado,
dime, dime, te lo imploro:
¿Llegaré jamás a hallar
algún bálsamo o consuelo para el mal que triste lloro?»
Dijo el cuervo: «¡Nunca más!»

«Oh, profeta—dije—o diablo—Por ese ancho combo velo
de zafir que nos cobija, por el mismo Dios del Cielo
a quien ambos adoramos, dile a esta alma adolorida,
presa infausta del pesar,
si jamás en otra vida la doncella arrobadora
a mi seno he de estrechar,
la alma virgen a quien llaman los arcángeles Leonora!»
Dijo el cuervo: «¡Nunca más!»

«Esa voz,
oh, cuervo, sea
la señal
de la partida,
grité alzándome:—¡Retorna,
vuelve a tu hórrida guarida,
la plutónica ribera de la noche y de la bruma!...
de tu horrenda falsedad
en memoria, ni una pluma dejes, negra, ¡El busto deja!
¡Deja en paz mi soledad!
Quita el pico de mi pecho. De mi umbral tu forma aleja...»
Dijo el cuervo: «¡Nunca más!»

Y aun el cuervo inmóvil, fijo, sigue fijo en la escultura,
sobre el busto que ornamenta de mi puerta la moldura...
y sus ojos son los ojos de un demonio que, durmiendo,
las visiones ve del mal;
y la luz sobre él cayendo, sobre el suelo arroja, trunca
su ancha sombra funeral,
y mi alma de esa sombra que en el suelo flota... ¡nunca
se alzará... nunca jamás!

Poe, 1844.

El cuervo
Versión en prosa

El cuervo

Una vez, en la triste media noche, mientras meditaba débil y fatigado sobre el ralo y precioso volumen de una olvidada doctrina y, casi dormido, se inclinaba lentamente mi cabeza, escuché de pronto un crujido como si alguien llamase suavemente a la puerta de mi alcoba.

"Debe ser algún visitante", pensé. ¡Ah!, recuerdo con claridad que era una noche glacial del mes de diciembre y que cada tizón proyectaba en el suelo el reflejo de su agonía. Ardientemente deseé que amaneciera; y en vano me esforcé en buscar en los libros un alivio de mi tristeza, tristeza por mi perdida Leonora, por la preciosa y radiante joven a quien los ángeles llaman Leonora, y a la que aquí nadie volverá a llamar.

Y el sedoso, triste y vago rumor de las cortinas purpúreas me penetraba, me llenaba de terrores fantásticos, desconocidos para mí hasta ese día; de tal manera que, para calmar los latidos de mi corazón, me ponía de pie y repetía:

"Debe ser algún visitante que desea entrar en mi habitación, algún visitante retrasado que solicita entrar por la puerta de mi habitación; eso es, y nada más".

En ese momento mi alma se sentía más fuerte. No vacilando, pues, más tarde dije: "Caballero, o señora, imploro su perdón; mas como estaba medio dormido, y ha llamado usted tan quedo a la puerta de mi habitación, apenas si estaba seguro de haberlo oído". Y, entonces, abrí la puerta de par en par, y ¿qué es lo que vi? ¡Las tinieblas y nada más!

Escudriñando con atención estas tinieblas, durante mucho tiempo quedé lleno de asombro, de temor, de duda, soñando con lo que ningún mortal se ha atrevido a soñar; pero el silencio no fue turbado y la movilidad no dio ningún signo; lo único que pudo escucharse fue un nombre murmurado: "¡Leonora!". Era yo el que lo murmuraba y, a su vez, el eco repitió este nombre: "¡Leonora!". Eso y nada más.

Vuelvo a mi habitación, y sintiendo toda mi alma abrasada, no tardé en oír de nuevo un golpe, un poco más fuerte que el primero. "Seguramente - me dije -, hay algo en las persianas de la ventana; veamos qué es y exploremos este misterio: es el viento, y nada más".

Entonces empujé la persiana y, con un tumultuoso batir de alas, entró majestuoso un cuervo digno de las pasadas épocas. El animal no efectuó la menor reverencia, no se paró, no vaciló un minuto; pero con el aire de un Lord o de una Lady, se colocó por encima de la puerta de mi habitación; posándose sobre un busto de Palas, precisamente encima de la puerta de mi alcoba; se posó, se instaló y nada más.

Entonces, este pájaro de ébano, por la gravedad de su continente, y por la severidad de su fisonomía, indujo a mi triste imaginación a sonreír; "Aunque tu cabeza - le dije - no tenga plumero, ni cimera, seguramente no eres un cobarde, lúgubre y viejo cuervo, viajero salido de las riberas de la noche. ¡Dime cuál es tu nombre señorial en las riberas de la Noche plutónica!". El cuervo exclamó: "¡Nunca más!".

Quedé asombrado que ave tan poco amable entendiera tan fácilmente mi lenguaje, aunque su respuesta no tuviese gran sentido ni me fuera de gran ayuda, porque debemos convenir en que nunca fue dado a un hombre ver a un ave por encima de la puerta de su habitación, un ave o un animal sobre una estatua colocada a la puerta de la alcoba, y llamándose: ¡Nunca más!

Pero el cuervo, solitariamente posado sobre el plácido busto, no pronunciaba más que esas palabras, como si en ellas difundiese su alma entera. No pronunciaba nada más, no movía una pluma, hasta que comencé a murmurar débilmente: "Otros amigos ya han volado lejos de mí; hacia la mañana, también él me abandonará como mis antiguas esperanzas". El pájaro dijo entonces: "¡Nunca más!".

Estremeciéndome al rumor de esta respuesta lanzada con tanta oportunidad, exclamé: "Sin duda lo que ha dicho constituye todo su saber, que aprendió en casa de algún infortunado, a quien la fatalidad ha perseguido ardientemente, sin darle respiro, hasta que sus canciones no tuviesen más que un solo estribillo, hasta que el De Profundis de su esperanza hubiese adoptado este melancólico estribillo: ¡Nunca, nunca, nunca más!".

Pero como el cuervo indujera a mi alma triste a sonreír de nuevo, acerqué un asiento de mullidos cojines frente al ave, el busto y la puerta; entonces, arrellanándome sobre el terciopelo, quise encadenar las ideas buscando lo que auguraba el pájaro de los antiguos tiempos, lo que este triste, feo, siniestro, flaco y agorero pájaro de los antiguos tiempos quería hacerme comprender al repetir sus ¡Nunca más!

De esta manera, soñando, haciendo conjeturas, pero sin dirigir una nueva sílaba al pájaro, cuyos ardientes ojos me quemaban ahora hasta el fondo del corazón, trataba de adivinar eso y más todavía, mientras mi cabeza reposaba sobre el terciopelo violeta que su cabeza, la de ella, no oprimirá ya, ¡ay, nunca más!

Entonces me pareció que el aire se espesaba, perfumado por invisible incensario balanceado por serafines, cuyos pasos rozaban la alfombra de la habitación. "¡Infortunado! - exclamé -, tu dios te ha enviado por sus ángeles una tregua y un respiro, para que olvides tus tristes recuerdos de Leonora, ¡Bebe! ¡Oh!, bebe esa deliciosa bebida para que olvides tus tristes recuerdos de Leonora. ¡Bebe y olvida a la Leonora perdida!". Y el cuervo dijo: "¡Nunca más!".

"¡Profeta! - dije -, ¡ser de desdicha! ¡Pájaro o demonio, pero al fin profeta! Que hayas sido enviado por el tentador, o que la tempestad te haya hecho simplemente caer, naufragar, pero aún intrépido, sobre esta tierra desierta, en esta habitación que ha sido visitada por el Horror, dime, te lo suplico, ¿existe un bálsamo para mi terrible dolor? ¿Existe el bálsamo de Judea? ¡Di, di, te lo suplico!". Y el cuervo dijo: "¡Nunca más!".

"¡Profeta! - dije -, ¡ser de desdicha! ¡Pájaro o demonio, pero al fin profeta! Por el cielo que se extiende sobre nuestras cabezas, por ese Dios que ambos adoramos, di a esta alma llena de dolor si en el lejano paraíso podrá abrazar a una santa joven, a quien los ángeles llaman Leonora. Abrazar a una preciosa y radiante joven a quien los ángeles llaman Leonora".

El cuervo dijo: "¡Nunca más!".

"¡Que esta palabra sea la señal de nuestra separación pájaro o demonio! - grité irguiéndome -. Vuelve a la tempestad, a las riberas de la Noche plutónica; no dejes aquí una sola pluma negra como recuerdo de la falsedad que tu alma ha proferido. Deja mi soledad inviolada. Abandona ese busto colocado encima de la puerta. Retira tu pico de mi corazón y precipita tu espectro lejos de mi puerta". El cuervo dijo: "¡Nunca más!".

Y el cuervo, inmutable, continúa instalado allí, sobre el pálido busto de Palas, precisamente encima de la puerta de mi habitación, y sus ojos se parecen a los ojos de un demonio que sueña; y la luz de la lámpara, cayendo sobre él, proyecta su sombra en el suelo; y mi alma, fuera del círculo de esta sombra que yace flotante sobre el suelo, no podrá volver a elevarse. ¡Nunca más!

Poe, 1844.

✤ THE ✤ NIGHT'S

PLUTONIAN · SHORE ·

The Raven
El cuervo
Versión original

The Raven

Once upon a midnight dreary, while I pondered, weak and weary,
Over many a quaint and curious volume of forgotten lore,
While I nodded, nearly napping, suddenly there came a tapping,
As of some one gently rapping, rapping at my chamber door.
"'Tis some visitor," I muttered, "tapping at my chamber door,
Only this and nothing more."

Ah, distinctly I remember it was in the bleak December,
And each separate dying ember wrought its ghost upon the floor.
Eagerly I wished the morrow; vainly I had sought to borrow
From my books surcease of sorrow, sorrow for the lost Lenore,
For the rare and radiant maiden whom the angels name

Lenore,
    Nameless here for evermore.

    And the silken sad uncertain rustling of each purple curtain
    Thrilled me, filled me with fantastic terrors never felt
before;
    So that now, to still the beating of my heart, I stood
repeating
    "'Tis some visitor entreating entrance at my chamber door,
    Some late visitor entreating entrance at my chamber door;
    This it is and nothing more."

    Presently my soul grew stronger; hesitating then no longer,
    "Sir," said I, "or Madam, truly your forgiveness I implore;
    But the fact is I was napping, and so gently you came
rapping,
    And so faintly you came tapping, tapping at my chamber
door,
    That I scarce was sure I heard you", here I opened wide the
door,
    Darkness there and nothing more.

    Deep into that darkness peering, long I stood there
wondering, fearing,
    Doubting, dreaming dreams no mortals ever dared to dream
before;
    But the silence was unbroken, and the stillness gave no
token,
    And the only word there spoken was the whispered word,
"Lenore?"
    This I whispered, and an echo murmured back the word,
"Lenore!",
    Merely this and nothing more.

    Back into the chamber turning, all my soul within me

burning,
    Soon again I heard a tapping something louder than before.
    "Surely," said I, "surely that is something at my window lattice;
    Let me see, then, what thereat is and this mystery explore,
    Let my heart be still a moment and this mystery explore;
    'Tis the wind and nothing more."

    Open here I flung the shutter, when, with many a flirt and flutter,
    In there stepped a stately Raven of the saintly days of yore.
    Not the least obeisance made he; not a minute stopped or stayed he,
    But, with mien of lord or lady, perched above my chamber door,
    Perched upon a bust of Pallas just above my chamber door,
    Perched, and sat, and nothing more.

    Then the ebony bird beguiling my sad fancy into smiling,
    By the grave and stern decorum of the countenance it wore,
    "Though thy crest be shorn and shaven, thou," I said, "art sure no craven,
    Ghastly grim and ancient Raven wandering from the Nightly shore,
    Tell me what thy lordly name is on the Night's Plutonian shore!"
    Quoth the Raven, "Nevermore."

    Much I marvelled this ungainly fowl to hear discourse so plainly,
    Though its answer little meaning, little relevancy bore;
    For we cannot help agreeing that no living human being
    Ever yet was blessed with seeing bird above his chamber door,

Bird or beast upon the sculptured bust above his chamber door,
With such name as "Nevermore."

But the Raven, sitting lonely on that placid bust, spoke only
That one word, as if its soul in that one word he did outpour
Nothing farther then he uttered; not a feather then he fluttered,
Till I scarcely more than muttered: "Other friends have flown before,
On the morrow he will leave me, as my Hopes have flown before."
Then the bird said "Nevermore."

Startled at the stillness broken by reply so aptly spoken,
"Doubtless," said I, "what it utters is its only stock and store,
Caught from some unhappy master whom unmerciful Disaster
Followed fast and followed faster till his songs one burden bore,
Till the dirges of his Hope that melancholy burden bore
Of 'Never, nevermore.'"

But the Raven still beguiling all my sad soul into smiling,
Straight I wheeled a cushioned seat in front of bird and bust and door;
Then, upon the velvet sinking, I betook myself to linking
Fancy unto fancy, thinking what this ominous bird of yore,
What this grim, ungainly, ghastly, gaunt, and ominous bird of yore
Meant in croaking "Nevermore."

This I sat engaged in guessing, but no syllable expressing

To the fowl whose fiery eyes now burned into my bosom's
core;
This and more I sat divining, with my head at ease reclining
On the cushion's velvet lining that the lamp-light gloated
o'er,
But whose velvet violet lining with the lamp-light gloating
o'er
She shall press, ah, nevermore!

Then, methought, the air grew denser, perfumed from an
unseen censer
Swung by Seraphim whose foot-falls tinkled on the tufted
floor.
"Wretch," I cried, "thy God hath lent thee, by these angels
he hath sent thee
Respite, respite and nepenthe from thy memories of
Lenore!
Quaff, oh quaff this kind nepenthe and forget this lost
Lenore!"
Quoth the Raven, "Nevermore."

"Prophet!" said I, "thing of evil! prophet still, if bird or
devil!
Whether Tempter sent, or whether tempest tossed thee here
ashore,
Desolate, yet all undaunted, on this desert land enchanted,
On this home by Horror haunted, tell me truly, I implore,
Is there... is there balm in Gilead? tell me, tell me, I
implore!"
Quoth the Raven, "Nevermore."

"Prophet!" said I, "thing of evil! prophet still, if bird or
devil!
By that Heaven that bends above us, by that God we both
adore,

Tell this soul with sorrow laden if, within the distant Aidenn,

It shall clasp a sainted maiden whom the angels name Lenore,

Clasp a rare and radiant maiden whom the angels name Lenore."

Quoth the Raven, "Nevermore."

"Be that word our sign of parting, bird or fiend!" I shrieked, upstarting,

"Get thee back into the tempest and the Night's Plutonian shore!

Leave no black plume as a token of that lie thy soul has spoken!

Leave my loneliness unbroken! quit the bust above my door!

Take thy beak from out my heart, and take thy form from off my door!"

Quoth the Raven, "Nevermore."

And the Raven, never flitting, still is sitting, still is sitting

On the pallid bust of Pallas just above my chamber door;

And his eyes have all the seeming of a demon's that is dreaming

And the lamp-light o'er him streaming throws his shadows on the floor;

And my soul from out that shadow that lies floating on the floor

Shall be lifted... nevermore!

Poe, 1844.

www.ingramcontent.com/pod-product-compliance
Lightning Source LLC
Chambersburg PA
CBHW030327020726
47493CB00004B/1189